AF445554

Mantequilla, champaña

Y OTROS ANTOJOS PARA

fiestas,
funerales y
fantasmas

Mantequilla, champaña y otros antojos para fiestas, funerales y fantasmas
Primera edición, 2022

D.R. © 2022, Erika Rivera Bravo

D.R. © 2022, Editorial Lectorum, S. A. de C. V.
Batalla de Casa Blanca, Manzana 147 A, Lote 1621
Col. Leyes de Reforma, 3a. Sección
C.P. 09310, Ciudad de México
Tel. 55 5581 3202
www.lectorum.com.mx
ventas@lectorum.com.mx

Bajo acuerdo con:
D.R. © 2021, L.D. Books
Batalla de Casa Blanca, Manzana 147 A, Lote 1621
Col. Leyes de Reforma, 3a. Sección
C.P. 09310, Ciudad de México
Tel. 55 5581 3202

ISBN: 978-607-457-760-0

D.R. © Diseño de forros:
D.R. © Arte editorial: ❡ PARÁGRAPHOS §

Impreso y encuadernado en México.
Printed and bound in Mexico.

Mantequilla, champaña

Y OTROS ANTOJOS PARA

fiestas, funerales y fantasmas

ERIKA · RIVERA · BRAVO

L.D. Books

*Para quienes con su amor cotidiano
ofrecen alas a mis letras.*

Índice

Color Borgoña

Se miró al espejo. Los zapatos de tacón alto le oprimían un poco, pensó en cambiarlos, pero necesitaba verse guapa. Los soportaría.

Llevaba las medias negras de encaje y la ropa interior de seda bordada.

Se la había comprado en La Perla.

Cambió de ángulo para calibrar mejor lo bien que le quedaba el vestido de satén que bajaba púdicamente hasta la mitad de la pantorrilla.

El collar de perlas.

En el escote, dos gotas de Chanel no. 5.

Los aretes de Bvlgari.

En el hombro derecho, el prendedor de lagarto con el hocico abierto y el lomo refulgente de pequeños diamantes.

Sobre la espalda, el cálido abrazo del abrigo de piel.

Extendió la mano en busca de su Birkin negra y observó el relumbrar de la pulsera de oro que él le había regalado en el último viaje que hicieron juntos a París.

Los tacones resonaron seguros hasta el auto que la esperaba frente a la casa.

Del otro lado del cristal, el verde de los jardines.

De su lado, silencio, un chofer correctísimo y la soledad de un asiento helado.

El auto se detuvo.

Antes de descender, una rápida ojeada en el espejo de mano: el lápiz de labios color vino, los cuadrados lentes de sol cubriendo sus ojos, la melena dorada y ondulante rozando el cuello del abrigo.

Cruzó el vestíbulo.

Humo de cigarro, silenciosos hombres de traje, aroma de café, mujeres con vasos de unicel en las manos.

No un nombre cualquiera, sino aquel nombre que lo había significado todo para ella, escrito con letras blancas sobre fondo negro:

"M. Brumesc, sala A2, segundo piso"

Se detuvo al pie de la escalera.

Apoyó una mano manicurada hasta la minucia en la madera del barandal.

El corazón le latía con fuerza al llegar al segundo piso, la respiración agitada... acaso era la juventud, una más de las muchas cosas que había perdido.

Sujetó con más fuerza aún las asas de la bolsa. Entró en la sala A2.

Lágrimas, aromas a flores, a sudor de multitud, pañuelos blancos sobre trajes de luto.

Un silencio repentino.

Como el Mar Rojo ante Moisés, un camino se abrió ante ella.

Decenas de miradas la recorrieron de arriba abajo antes de darle la espalda.

Se le encogió el estómago ante el golpe del desprecio.

Levantó el mentón y apretó los labios pintados en el mismo tono que el vino de Borgoña, ese que él pedía siempre en los restaurantes de comida francesa.

La maledicencia volaba en susurros: se le clavaba en la piel.

"¡Qué poca vergüenza!"

Tomó una azucena de uno de los arreglos cercanos.

La colocó sobre el féretro, se hizo la señal de la cruz en la frente, en el pecho, en el hombro derecho y en el izquierdo.

No lo miró. Prefería el recuerdo de su piel.

Dando la espalda al cuerpo, recorrió de nuevo el pasillo, flanqueada por la multitud enlutada.

Cruzó la mirada con la viuda, la abrazaba una mujer joven, podría ser su hija o su sobrina.

La esposa, pupilas húmedas de odio: "Miserable".

Se detuvo fuera de la sala con la respiración entrecortada.

Los ojos llorosos tras los lentes obscuros.

El dolor podía ser el mismo.

Pero ella no tenía derecho al consuelo de los abrazos, ni a las palabras amables.

Descendió la escalera.

Los altos tacones negros avanzaron hacia la calle.
La pulsera dorada relumbró al sol.

La maleta de la emperatriz

Le dolían los juanetes, por eso prefería andar descalza. Dio un par de pasos en el cálido suelo de madera y se llevó una mano al pecho. Bien sabía ella que no eran sólo los juanetes, eran los huesos cuando hacía frío, la cabeza cuando soplaba el viento del este y las articulaciones cuando cambiaba el clima de Filadelfia. El dolor era un huésped incómodo, pero decidido a instalarse en su cuerpo menudo.

"Es la vida, madame" afirmaba el anciano con su monóculo de oro y su elegante perilla gris. Era el médico personal del presidente Polk, y aun así se daba tiempo para venir a verla cada semana, igual que lo había hecho desde el día en que ella se había afincado en aquella ciudad. Nunca le había cobrado un centavo por sus atenciones o por los frasquitos color ámbar llenos de líquidos de colores que le dejaba tras cada visita.

Antes, ella insistía en pagarle y cuando él se negaba a recibir su dinero, ella deslizaba en el bolsillo de su saco, primorosos pañuelos bordados que envolvían trozos de su dulce de leche favorito, el que le enviaba su hija desde Valladolid. Ahora, aceptaba su gentileza con el mentón erguido, los labios apretados y las manos estrujadas, como se recibe la caridad que no puede devolverse, ni siquiera con un trozo de dulce.

Abrió un poco más la maleta que llevaría al convento y colocó dentro uno a uno los frasquitos color ámbar en un hueco junto a su sobrio vestido de salir. Al depositar el último, se frotó las manos y se acercó al tocador. Observó su imagen en la luna del espejo, la canosa melena que enmarcaba su rostro arrugado, los cercos hundidos bajo los ojos, el cuerpo enjuto bajo el camisón azul. Se le escapó un suspiro al pensar en que el médico se dirigía a ella como "madame", al igual que el resto de su círculo en Filadelfia, tan sólo porque no encontraban otra manera de hablar con ella.

Con ambas manos levantó su cabello a la altura de la nuca, como lo llevaba cuando en México entraba a los salones con su vestido de gala y nadie sabía qué relucía más, si sus ojos llenos de vida o los zafiros del collar que rodeaba su cuello; cuando la llamaban "Ana María, la emperatriz, la esposa del guerrero, Don Agustín de Iturbide"...

Bajó los brazos de golpe, su cabello volvió a caerle sobre el rostro y la imagen de la mujer vestida de gala desapareció del espejo. Ana María se pasó una mano por la frente para sacudirse los recuerdos y la tristeza, aún tenía cosas qué hacer.

Abrió el armario y sacó un grueso envoltorio hecho con una sábana de algodón fino. Lo colocó con cuidado sobre la cama y no pudo resistirse a abrirlo para observar el vestido que había lucido el día de su coronación en la Catedral. La tela blanquísima, las flores bordadas con alba seda, las perlas entretejidas con hilos de oro, los cuarzos y cristales pulidos que formaban figuras caprichosas; más bello, y mucho más espléndido que su vestido de novia.

Una obra de arte hecha bordado.

Una ventana que golpeaba con insistencia en el piso inferior la arrancó de sus contemplaciones. Pensó en cerrarla...

Los golpes se repitieron, pero ella decidió no bajar. No quería exponerse al frío que se enseñoreaba en las dependencias inferiores, pues la única chimenea encendida en toda la casa era la de su habitación. Observó sus manos apoyadas sobre la delicada seda del vestido, "manos blancas, como palomas diligentes" las llamaba su esposo al verla inclinada sobre el bastidor de bordado. Los dedos, ahora arrugados, acariciaron los hilos entretejidos con perlas, recordando con ternura al marido que la había convertido en emperatriz. Los años pasados habían dulcificado el recuerdo de su esposo, pero, todavía algunas veces, habría dado cualquier cosa por tenerlo a su lado.

Las rodillas de Ana María crujieron al arrodillarse frente al último cajón de la cómoda de caoba. De ahí sacó una cajita de encino en la que guardaba, envueltos en trozos de seda, el reloj, el rosario y la última carta que Agustín le había escrito. Tras la muerte de su esposo, el padre Lara se había encargado de entregarle en mano aquellos pequeños tesoros. El reloj había dejado de dar la hora hacía mucho tiempo, y una tormenta había reducido la carta a hilos de tinta escurriendo sobre unas hojas tan arrugadas como su corazón. Sus manos acariciaron las páginas, mientras sus ojos se posaban en el opulento vestido expuesto sobre la cama: la dote que entregaría al día siguiente al convento de las Hermanas de la Visitación.

La ventana volvió a golpear el marco. Ella la ignoró y con la caja en la mano, se sentó en la única silla que quedaba, procurando que el calor de la chimenea alcanzara sus pies doloridos. Desde el día en que había recibido aquellos recuerdos póstumos, con el último hijo que habían engendrado juntos removiéndose en sus entrañas, Ana María nunca se había dado el lujo de mirar atrás. Tras establecerse en Filadelfia se había consagrado a criar a sus hijos con la generosa pensión que recibía del gobierno mexicano, en su calidad de viuda del Emperador Iturbide.

Vivía de la única manera en la que había aprendido, sin despilfarros, pero como una dama; igual que lo había hecho desde su infancia en Valladolid. Sedas para los vestidos, té y jerez para las tertulias de las señoras, las mejores clases de pintura, de canto y de música para sus hijas y el más fino cognac para los invitados que desfilaban por su elegante sala.

Hasta que un día, la pensión dejó de llegar.

Y ni siquiera las gestiones del presidente Polk consiguieron hacerla volver.

Ana María había dejado de comprar sedas, había cancelado las clases y había aplicado todos los trucos conocidos, y algunos de su invención, para conseguir mantener sus tertulias y pagar a la servidumbre. Pero un día no tuvo más remedio que dejarlos ir, a la cocinera, a las doncellas, al mayordomo... así como había tenido que dejar de comprar cognac para los escasos invitados que aún recibía.

Sin sentirlo, la casa se había ido vaciando, hasta que sólo le quedaron ausencias, incertidumbres y, sobre todo, limosnas. Caridades que habían pasado de ser un gesto íntimo a una necesidad; recibirla era una cruz, un sin remedio que zahería su orgullo y marchitaba su corazón.

El insistente golpeteo de la ventana del piso inferior se escuchó de nuevo y Ana María pensó en las sólidas ventanas del Convento de la Visitación, sus chimeneas encendidas en las salas y celdas, en sus comidas parcas, pero sustanciosas; y en el refugio que ofrecería a su orgullo. Sus manos volaron hacia el vestido.

Tan espléndido era aquel traje de coronación, que no lo había tenido igual ni Josefina Bonaparte, ni María Teresa de Austria. Sus dedos se deslizaron por los intrincados bordados de seda y una sonrisa se insinuó en sus labios, al sentir en las yemas el roce de la dignidad que le ofrecía aquella dote de valor incalculable. Con sumo cuidado volvió a envolverlo en las sábanas perfumadas con cedro.

La noche había caído, pero la maleta abierta sobre la cama le recordó que aún no había terminado. Abrió el primer cajón de la cómoda y sacó lo que quedaba en su interior: dos acuarelas que retrataban a Agustín en el salón del trono, engalanado con la capa de armiño y el traje de Emperador.

Las manos de Ana María temblaron al recordar el instante en que se las había ofrecido al presidente Polk, con la seguridad de que así, la memoria de su adorado Agustín se conservaría para la posteridad. Él se la había devuelto, casi sin mirarlas, con un "Guárdelas, madame, para sus hijos", pero ella no estaba segura de que sus hijos desearan conservar nada. Miró las acuarelas en sus manos "¡Maldito Agustín! ¡Maldito tu orgullo! Y maldita mi suerte". Las colocó en la cajita de encino junto con las cartas, el rosario y el reloj, la cerró con un suspiro y la colocó en la maleta junto con sus zapatos anchos, tampoco era cosa de andar descalza por los suelos del convento.

Al día siguiente, Ana María Josefa Ramona de Huarte y Muñiz, viuda del Emperador Agustín de Iturbide, desplegaba su esplendoroso vestido de coronación frente a la Madre Superiora de las Hermanas de la Visitación.

—En calidad de dote, Madre.

La Superiora le dedicó una sonrisa indescifrable y dijo:

—Gracias, Madame. Es un vestido muy rico y muy bello, con seguridad encontraremos algo que hacer con él.

Con un gesto casi de desdeño, entregó el vestido a la novicia que se encontraba a su lado y cuando la mujer desapareció tras la puerta, la Madre Superiora añadió:

—Puesto que Madame no nos aporta una dote en efectivo, como es costumbre y razón entre las postulantes de este convento... —dejó las palabras en el aire por un segundo antes de añadir:

—Lo que desde luego no podemos hacer, es negarnos a una obra de caridad del presidente Polk...

La Madre Superiora continuaba hablando, pero Ana María ya no la escuchaba.

Se le había congelado el alma ante la indiferencia que no le había dejado, ni siquiera, la limosna de creer que pagaba por su propia dignidad.

Por unos claveles

No, no, mi'ja, no intentes convencerme de lo contrario, son todos unos sinvergüenzas, todos, te lo digo yo que tengo experiencia en la vida. Ni te creas que estoy exagerando, lo tengo bien clarito, es la puritita verdad ¡ya no hay decencia, mi'ja! ¡De verdad que yo no sé a dónde se va el mundo! Aunque a este paso, no llegamos ni a 1990... nos matamos entre todos antes.

¡Ay, mi'ja! Si ya sé que es una cosa horrible para decírselo a una chiquilla como tú, pero estoy convencida de que los seres humanos nos estamos convirtiendo en unos gandallas, unos aprovechados, unos desvergonzados sin dignidad y sin nada de nada... ¡no hay ninguno bueno! ¡De veras que hasta me dan ganas de odiar a la humanidad entera!

Bueno, tampoco me malentiendas, todavía no me da por odiarme a mí misma, pos ni que fuera yo tonta, ni tampoco a ti, mi chaparrita del naranjo, ay, pero sí a todos los demás... pues óigame mi'ja, ¿qué es eso de que ya no pueda una ir por la calle nomás pensando en sus cosas? ¡Ah, no! Ahora tienes que ir cuidándote de todos y de todo porque cualquiera, óyelo bien, mi'ja, cualquiera, cualquiera, te está esperando para clavarte un puñal en la espalda, bueno quien dice en la espalda, dice en el muslo o en el cuello, el lugar es lo de menos... lo de más, mijita, es lo que te estoy diciendo, que todo el mundo está ahí esperando nomás para aprovecharse de ti, por eso te estoy diciendo, mi'ja, que tienes que fijarte, tienes que cuidarte y andar con cien ojos por todos lados.

¡Ni se te ocurra confiar en nadie! No porque los veas buenecitos, o porque les veas cara de inocente, ni siquiera en esos que te saludan así rete bonito... Porque yo te he visto en la calle, mi'ja, eres reconfiadota y luego te va a pasar como a mí, que por andar de boba, platicando con mi comadre Manuela, me pasó lo que me pasó...

No, mi'ja, no es exageración mía. Yo estaba hablando con mi comadre para que me contara cómo estaba su nieta, la Chelita, porque andaba rete angustiada la Manuela, desde que la niña se fue con el muchachito aquel, ese que quesque la quería mucho y siempre le andaba cumpliendo los caprichitos: la llevaba al cine los domingos y hasta le regaló una pulsera que le dijo que era di'oro... Y claro cuando el noviecito le salió con que la iba a llevar a Veracruz para que conociera el mar, pos la Chelita se requete emocionó... ya sabes, mi'ja, que ella estaba dale y dale con lo del mar, desde que vio la telenovela esa donde salía el galán de Manuel Capetillo, la de Seducción... yo pensaba que los suspirotes que la niña pegaba eran por él, pero luego salió con que era por el mar y que ella quería conocer la playa y pos bueno, no hubo quien la bajara del burro...

Mi comadre le dijo que el chamaquito no le iba a cumplir, que no se aventara, pero la Chelita ni caso, quesque estaban rete enamorados, quesque él tenía mucha lana y la iba a llevar a un hotel de lujo en la playa; hasta que salió el muchacho con que nomás le alcanzaba para motel de carretera... y pos ahí la dejó, vestida y alborotada, en un motelito mugroso de Puebla... y le tocó a mi comadre mandarle dinero a la niña pa'que se pudiera regresar ¿ves, mi'ja?

Menos mal que en el motelito ese dejaron que Chelita llamara por cobrar, ya ves que eso de las llamadas de larga distancia es rete difícil y rete caro... porque además, pos tuvo que hablarle a la tiendita de doña Lola, ni modo que a dónde, si la comadre no tiene teléfono. Pero como era mediodía y no estaba su nieto, pos Lola tuvo que mandar con el recado a Don Lucre, que aparte de sordo es rete lento p'andar y entre lo que tardó Don Lucre en encontrar a mi comadre y lo de la llamada... pos aquello salió en un dineral, mijita, un dineral... ¿Ves por qué te estoy diciendo, mi'ja, que no se puede confiar en nadie?

Pero te estaba diciendo que por eso me distraje, porque la comadre está rete enojada con la Chelita y pos claro que

tiene razón, la niña es reconfiadota, nomás le dicen mi alma...
igualita que tú... ¡no, no me digas que estoy exagerando! Pero
a ver, que yo estuviera entretenida con mi comadre, pa'que se
desahogara, no es excusa para que...

¡Ay, mi'ja! Tampoco es para que te rías de mí... ¿Qué soy
tu burla o qué? Estoy diciendo las cosas como son, pa' que
dejes de andar de boba y te pongas águila... pa' que luego no
me salgas con que te pasó lo mismo que a mí... es muy feo
llegar a tu casa y darte cuenta de que la vendedora de claveles
¡se quedó con tus cuatro pesos de cambio!

¡Y no me digas que estoy exagerando!

De Saturno a Hoyo de Manzanares

Los pasajeros del transbordador se pusieron de pie y se aproximaron a la salida. Todos, excepto ella. Sólo cuando las puertas se abrieron por completo, Aleena aferró el asa de su maleta y se unió a la riada de viajeros que volvían al planeta Madre: la Tierra. La agobió el abrazo de aquella muchedumbre que resoplaba y se movía como una serpiente por los pasillos de la estación.

Aleena sabía observar a las personas, había aprendido sentada en las rodillas del abuelo, ahí en los consultorios médicos, durante las largas horas en las que aguardaban a la abuela Elena. Marcos entretenía a su nieta enseñándole a "leer" a las personas que entraban y salían de las salas; como aquella vez en que le señaló a una joven pelirroja a quien le aseguró, habían llamado para una emergencia.

La pequeña le había dirigido una mirada incrédula, con aquellos ojos grises tan parecidos a los de su abuelo. Como un mago que muestra sus trucos, el abuelo le había señalado la bolsa negra que colgaba abierta y de un asa del hombro de la joven. En su interior estaba todo revuelto, como si hubiera sido arrojado ahí de cualquier manera. Además, llevaba el suéter puesto del revés, lo que revelaba sus prisas al vestirse.

Aún envuelta por la multitud, Aleena recordó aquella costumbre al observar al hombre que arrastraba los pies junto a ella. Aquel atisbo le bastó para encasillarlo entre las últimas generaciones que habían vivido siempre en la Tierra. Lo delataba el traje de tres piezas de lana, junto con la corbata azul marino que reposaba sobre la camisa blanca. En cambio, la alta mujer que avanzaba frente a ella, se envolvía en un vestido blanco, tejido en algodón ultraorgánico. Aquel detalle y su juventud, la delataban como parte de las generaciones que habían nacido lejos del planeta Madre y gustaban de vestirse con materiales antidegradables y adaptables, o bien lo más naturales posible, como el famoso algodón marciano.

Aleena suspiró al pensar en que a aquellas dos generaciones había que sumarle la suya propia, la generación que vivía con un pie en la Tierra y el otro en el extremo más lejano de la galaxia. Tal como ella, que en aquel momento vestía pantalones de mezclilla azul marino, blusa de lino ultraliviano y un abrigo de lana negro.

La multitud que la rodeaba se detuvo frente a las altas torres traslúcidas que escaneaban los pasaportes intergalácticos. Ante la obligada espera, Aleena volvió a entretenerse observando a su alrededor. Una figura llamó su atención.

El hombre llevaba pantalones de pana obscura, un abrigo verde militar y zapatos de charol brillante; habría sido sencillo clasificarlo como un hombre mayor... de esos que nunca habían abandonado el planeta al que llamaban hogar, pero los pasos decididos y veloces, así como el cuerpo erguido bajo el abrigo la hicieron dudar. Además, la manera en la que balanceaba los brazos y sus anchas espaldas, le recordaron a su primo Arturo. Aleena estaba a punto de llamarlo, cuando se dio cuenta de que era imposible que fuera él. El hombre iba tocado con un casco color azul cielo; el distintivo de los que habían realizado misiones humanitarias en las lejanas colonias penales. Y Arturo ya no tenía edad para ello, sin contar con que no abandonaría su cómoda vida en Venus, como entrenador de drones.

El abrigo verde militar desapareció tragado por el gentío que avanzaba hacia las torres, y Aleena arrastró su vieja maleta de ruedas por los intrincados corredores de la estación, hasta que sus ojos grises dieron con el letrero que buscaba: "Dirección Hoyo de Manzanares". El salto que dio su corazón al leerlo la tomó por sorpresa, hacía tanto tiempo que no la embargaba aquel sentimiento, que estuvo a punto de no reconocerlo. Con el corazón acelerado, se detuvo frente a la línea amarilla del andén y soltó la maleta, la plataforma estaba prácticamente vacía, salvo por ella misma y el joven del casco azul.

No tuvo tiempo para preguntarse de dónde habría salido aquel hombre, pues un estremecimiento en el suelo anunció la llegada del tren. Ella abordó en cuanto las puertas se abrieron y se sentó en el primer asiento del vagón.

El tren inició su viaje y a Aleena se le erizó la piel al recordar las historias que relataba la abuela Elena sobre aquellos mismos trenes repletos hasta los topes, un día sí y el otro también, por lo menos hasta que la humanidad se había dispersado por la galaxia.

Lo cierto es que ahora estaba sola.

Puso los pies sobre el asiento frente a ella, se pasó una mano por la corta melena y por fin consiguió relajarse tras el agobio que le producía el abrazo de la multitud. Dirigió una mirada a su alrededor, el hombre del casco azul estaba sentado en el otro extremo del vagón, y al igual que ella, había estirado las piernas, ocupando todo el espacio frente a él. Con las manos apoyadas en el regazo y el visor ahumado del casco sombreándole el rostro, parecía dormir.

Aleena desvió la mirada y sacudió su melena color acero. Luego, levantó la mano derecha y trazó dos complicados signos en el aire: su pantalla personal se desplegó frente a sus ojos grisáceos. Con un ágil movimiento de los dedos, abrió de nuevo la invitación:

"En la mañana de tu cumpleaños vuelve a la Casa de los Baluartes.

Tu abuelo, Marcos."

La envolvió la misma sensación de vértigo que la había invadido hacía dos días, en el instante en que había recibido aquel texto.

El abuelo había muerto hacía varios años.

Ella misma había acudido al funeral y al entierro en el cementerio del pueblo.

Aleena sacudió el índice y una fotografía holográfica apareció en el aire: la Casa de los Baluartes; sólo el abuelo Marcos y ella llamaban así a la vieja casa acurrucada en un recodo de la sierra madrileña. Y sólo aquellas palabras habían conseguido convencerla de volver...

Clavó la mirada en las imágenes de aquel hogar apacible, que había sido también el origen de su idilio con las construcciones antiguas, desde la tarde en que el abuelo la había encontrado ensimismada en las ilustraciones de los castillos medievales que acababa de descubrir en los libros. Él le prometió llevarla a conocerlos.

Y el abuelo Marcos siempre cumplía sus promesas.

Poco después la había llevado al Real de Manzanares.

Otro movimiento de los dedos la llevó hasta las fotografías de aquel día. Aleena las recorrió todas, sin prisa, hasta encontrarse de nuevo con la mirada gris de su abuelo. En la imagen, él apoyaba las manos sobre los hombros de una Aleena de nueve años, con las mejillas rojas como manzanas frescas y una sonrisa a la que le faltaba un diente. Detrás de ellos,se observaba un atisbo de la galería gótica desde la que habían estado disfrutando de las vistas y los aromas del jardín.

A menudo, Aleena cerraba los ojos para percibir de nuevo la fragancia de lavanda y manzanilla que subía hasta ella desde el vergel del palacio, tanto le gustaba el perfume que aún tenía por costumbre colocar *sachets* con su aroma en sus cajones.

Las fotografías se sucedían en el aire al compás de sus dedos.

De pronto se encontró con su propia imagen adolescente, con la melena corta y despeinada, mucho maquillaje azul en los ojos y con los brazos alrededor del cuello del abuelo Marcos, sentando sobre el pasto. A sus espaldas, se erguía la majestuosa fortificación a la que un día "La Beltraneja" había llamado hogar: Buitrago del Lozoya.

Aleena rozó apenas la imagen del abuelo.

Marcos había sido siempre un hombre fuerte, de anchas espaldas y sonrisa franca que gustaba de pasar la mañana recorriendo la sierra, respirando el aire fresco y sintiendo la fuerza de la montaña bajo sus pies. Volvía a la hora del almuerzo, justo a tiempo para preparar en la estufa de leña un chuletón asado con papas y pimientos que degustaba junto con una buena botella de vino tinto.

Tras aquella comida, el abuelo se sentaba en el porche de la Casa de los Baluartes para beber muy despacio un vasito de orujo de miel y relatar a su nieta apasionantes historias sobre cómo era la vida en los castillos, mucho, mucho tiempo antes de los viajes espaciales.

Llegado el momento, Aleena había elegido como carrera Construcción Hiperespacial, con especialidad en Arquitectura Medieval. Se movía con facilidad entre los dos mundos que tanto amaba y gracias a ello, se había vuelto muy buena concibiendo espacios habitacionales extraordinarios, en los que integraba con elegancia y delicadeza los detalles medievales que eran su sello.

Su arte la había llevado a trabajar con diversos estudios, hasta convertirla en la socia más joven de una de las más importantes firmas de arquitectos, dedicada a diseñar "colivings vintage". Ella misma, llevaba varios años habitando uno de aquellos exclusivos colivings en Saturno.

¡Cuántas veces intentó convencer al abuelo para que fuera a vivir con ella! Se imaginaba con él, sentados en el balcón exterior de su departamento saturnino, compartiendo una botella de orujo con miel, observando las serenas e interminables puestas de sol. Pero Marcos siempre se negó a abandonar sus recuerdos impregnados en la piedra de la casa familiar, al monte en el que hundía sus raíces y a los muertos que lo esperaban en el cementerio.

Las fotografías mostraban ahora uno de los últimos viajes que ella y el abuelo habían realizado a Salamanca. Observó a un Marcos envejecido, su rostro estaba tan arrugado como un papel cien veces doblado. Se le escapó un suspiro al recordar que aquel había sido el día en que había descubierto un nuevo surco en el semblante de Marcos. Se inclinó un poco más hacia la fotografía, ahí estaba, profundo como una sima entre "los gemelos" como llamaba ella a los dos lunares sobre la ceja derecha del abuelo.

Los ojos grises le devolvieron la mirada desde la imagen suspendida en el tiempo. Aleena recordó que un día antes de salir hacia Salamanca, habían visitado al neurólogo, el doctor Terrero, quien le había comunicado a Marcos que su Alzheimer progresaba de forma inesperadamente veloz. Sentada junto a él, lo vio apretar la mandíbula y los puños.

Al abandonar el consultorio, Marcos se detuvo en la puerta y, apoyándose sobre los hombros de la nieta, dijo:

—Leoncita —como la llamaba siempre —lo último que querría es convertirme en una carga para ti.

Ella lo había abrazado, intuyendo que en su desasosiego había algo más... un miedo espantoso a olvidar lo que lo hacía él mismo... y también, a ser olvidado.

Tras el sepelio, Aleena había vuelto a Saturno y a su trabajo.

Pero ya no se asomaba a las fotografías de las abadías medievales, ni se perdía por horas entre los planos de las antiguas fortalezas, ni planeaba viaje alguno a los castillos.

El abuelo Marcos había sido su única figura paterna, lo que explicaba sus fuertes lazos con él, o al menos eso decía Pilar, su psicóloga virtual. Pero lo que Pilar no entendía era que la influencia de Marcos iba mucho más allá de una mera imagen paterna. Había sido el abuelo quien le había mostrado el universo medieval, él era el duende que la había llevado a pasear entre molinos y fortalezas, el mago con báculo que la guiaba por laberintos y pasadizos, que domesticaba los dragones que sobrevolaban las atalayas...

El propio Marcos era una fortaleza medieval... su fortaleza.

"Llegando a Hoyo de Manzanares" sentenció una voz metálica.

Aleena cerró la pantalla holográfica con un gesto, estiró los brazos por encima de su cabeza y en cuanto se abrieron las puertas, tomó el asa de la maleta y abandonó la estación. Afuera, el sol invernal arrancó destellos acerados a su melena, mientras caminaba hacia la parada de taxis. Ojeó a su alrededor, pero el hombre del abrigo militar había desaparecido y se le escapó un suspiro de alivio, aunque no supo muy bien por qué.

Subió a un taxi y en cuanto arrancó, asomó la cabeza por la ventanilla. El aire frío le enrojeció las mejillas y la punta de la nariz, pero no le importó, cada detalle del familiar paisaje reconfortaba su corazón de manera inesperada. De súbito, pidió al taxista que la dejara en la siguiente calle.

Con el corazón agitado, arrastró la maleta por el polvo de la callecita, hasta topar con la barda de piedra, siempre cubierta por aquella enredadera moteada de flores blancas y lilas. Levantó la mirada y sus ojos color plata se clavaron en las dos pequeñas torres que coronaban la verja de hierro, las mismas que habían inspirado el mote de la "Casa de los Baluartes".

Acarició las flores que se desbordaban hasta la calle y su perfume la transportó a las mañanas en las que llegaba a la casa asida de la mano de su madre, pero con el corazón prendido al abuelo que la esperaba.

Cerró los ojos y apretó las flores entre sus manos deseando escuchar de nuevo el eco de las risas de sus primos jugando bajo los manzanos; respirar el aroma del chocolate con churros de la abuela Elena... ¡y qué no habría dado por sentir en las manos los besos húmedos de Mancha, la dálmata de los abuelos!

Abrió los ojos y dejó caer las flores.

El pasado estaba en el pasado y nada podía hacerlo volver.

Subió los tres escalones que llevaban hasta la verja de entrada y se detuvo para sacar de la bolsa del pantalón un manojo de llaves sujetas por un aro de metal del que pendía un pino. El viejo llavero había sido un regalo de Marcos.

Aleena sintió el peso del metal entre sus manos y dedicó una mirada a aquellas antiguallas que ya nadie utiliza, no desde que se inventaron las cerraduras inviolables de gama ultravioleta. Cerró las manos sobre las llaves y dedicó una mirada a la intrincada reja, al tiempo que se preguntaba qué rayos estaba haciendo en aquella casa. Se sintió una tonta... ¿de qué otra manera se podría explicar que hubiera aceptado la invitación de un muerto? El metal de las llaves se clavó en su piel, sentía en las yemas el raudo palpitar de la sangre. Pensó que lo más sensato era marcharse. Se pasó una mano por los cabellos: ¿qué cuernos esperaba que sucediera al abrir una verja que bien sabía sólo llevaba al pasado?, pero una sombra se interpuso entre ella y el enrejado.

Aleena giró y estuvo a punto de darse de bruces con el hombre del abrigo verde militar.

—Leoncita...

Aquel tono, aquella expresión se le metieron en el alma, corrieron por sus huesos como ardientes ríos de lava y se solidificaron alrededor de sus pies, dejándola clavada en el escalón, observando lo imposible hecho carne. Con la respiración entrecortada y el alma en un hilo, se pasó el dorso de la mano por los párpados antes de mirar de nuevo, tan sólo para encontrarse con una mirada tan gris como la suya que la observaba desde el segundo escalón de la Casa de los Baluartes.

Las llaves rebotaron contra la piedra.

—Leoncita... —repitió Marcos con la ternura de siempre —¿me permites?

Sin esperar respuesta, recogió las llaves y dando un paso hacia la verja, dijo:

—Yo te regalé este llavero...

La mirada de plata de Aleena recorrió el mentón hendido, los lunares gemelos sobre la ceja derecha... pero se negaba a creerlo, lo que estaba viendo iba en contra de toda lógica...

Aleena le dio la espalda y se mesó el cabello.

Giró y se enfrentó bruscamente con aquel joven tan extraño y tan familiar a un tiempo. Él permaneció inmóvil mientras ella volvía a recorrer con la mirada cada detalle de su rostro. Los labios de la nieta temblaban furiosos cuando dijo:

—Yo estuve en tu funeral...

Marcos la miró con ternura al tiempo que le tendía las manos, diciendo:

—Entonces creí que lo mejor era no decirte nada.

Aleena abrió la boca para protestar, pero él apoyó una mano suave sobre su hombro y añadió:

—¿Recuerdas cuando me diagnosticaron Alzheimer?

El nudo que ella sentía en el estómago se apretaba con cada segundo que pasaba. Sentía la boca como si hubiera estado masticando arena, tragó saliva y asintió con la cabeza.

—Fue el mismo doctor Terrero quien me ofreció participar en un programa criogénico en Neptuno. Era mi única oportunidad...

Aleena no podía creer lo que escuchaba.

Bajó un escalón y volvió a subirlo, no podía contener su furia e incredulidad. La criogenia todavía era uno de los métodos más utilizados por quienes sufrían enfermedades degenerativas. Una salida que les permitía permanecer suspendidos en una espera de hielo, hasta que la ciencia encontrara una cura para sus padecimientos. Pero los programas criogénicos estaban estrictamente regulados por las autoridades sanitarias de la Unión Planetaria y todos se llevaban a cabo en los hospitales de Marte… de ninguna manera en Neptuno, donde se encontraban las colonias penales.

Aleena sabía todo aquello, pero nada de eso explicaba el engaño, ni la reciente juventud del abuelo.

Se mordió los labios y lo observó de hito en hito. Tras unos segundos, dejó caer las manos a los costados y dijo:

—No entiendo nada…

—Tomará tiempo explicarlo, Leoncita, y quizá más tiempo entenderlo…

—¡Te ves más joven que yo! ¿Cómo quieres que entienda eso? —estalló Aleena.

Marcos se acercó a su nieta, tomó sus manos y dijo con voz suave:

—Leoncita, el doctor Terrero quería contártelo, fui yo quien no lo dejó. Ese no era un programa criogénico, era experimentación sobre rejuvenecimiento mitocondrial. Tenían que probarlo… y no me daban garantías.

Con los ojos llenos de lágrimas, Aleena, arrancó sus manos de las de Marcos y le dio la espalda, tras unos segundos giró y volvió a mirar su rostro terso, el cabello que ella había conocido blanco era ahora rubio encendido. Pero sus ojos desprendían el mismo amor de siempre. Marcos se acercó a ella, le acarició las mejillas y dijo:

—No podía hacerte una promesa que igoraba si cumpliría. El funeral fue necesario, pensé que sufrirías menos.

Ella aferró aquellas manos juveniles.

Marcos había vuelto.

Cierto era que ahora era más joven que ella, o al menos eso parecía... pero en medio de aquella sacudida del destino, Aleena encontró cierto alivio en la idea de que su guía y mago era ahora más fuerte y volvería a hechizarla con sus historias antiguas, las que la transportarían a torres, estancias y jardines de baluartes y fortalezas desaparecidas en el tiempo. Ahora, sería capaz de llevarla hasta las más lejanas montañas, allá donde anidan los dragones de fuego y cristal.

De su mano, volvería a las fortalezas medievales.

Mantequilla

Era la hora del almuerzo. La mayor parte del pueblo dormitaba, las calles estaban desiertas, las puertas de las tiendas estaban cerradas o entornadas. Nada explicaba qué estaba haciendo Bert de pie bajo el rayo del sol frente a su propia librería.

Un perrillo de abundante pelaje negro y largas orejas se acercó hasta él y recorrió con su húmedo hocico la pernera del pantalón antes de sentarse en la banqueta moviendo la cola en espera de una caricia, pero al hombre tampoco le interesaban las carantoñas del animalito. Su atención estaba fija en la mercería que se alzaba al otro lado de la calle. En su amplio escaparate podían verse ristras de listones de todos los tonos, colocadas con coquetería junto a los rollos de encaje, muy cerca de las sedas italianas cuyos pliegues formaban pequeños lagos entre los que se veían tiras entretejidas con hilos de colores. Inclinada sobre el mostrador de antigua y pulida madera, se distinguía la silueta de la dueña que se dibujaba contra las decenas de frascos que se apilaban en estanterías a su espalda y que resguardaban siglos de botones.

Ella y Bert coincidían con frecuencia al cerrar o abrir sus respectivos comercios, o al salir a realizar cualquier pequeña diligencia, pero apenas habían intercambiado nada más que las cortesías más elementales entre ellos: una inclinación de cabeza aquí, un buenos días por allá, un buenas noches, qué tarde es ¿verdad?, pero nunca había encontrado las palabras para algo más, ni siquiera para invitarla a tomar un sorbete en la heladería que estaba al final de la calle.

Aún apoyada sobre el mostrador, la mujer movió la cabeza al tiempo que levantaba la mano para reacomodar un rizo detrás de la oreja y Bert se preguntó si lo habría visto. Acababa de darse cuenta de lo ridículo que debía parecer plantado en medio de la calle con dos copas y un plato cubierto con una servilleta.

La mujer de la mercería se movió tras el mostrador y el plato tembló en las manos de Bert ¿lo habría visto esta vez? Ella siempre lo trataba con amabilidad, pero a él le parecía como si la mujer se ocultara tras una muralla de cristal que lo excluía. O quizá se tratara tan sólo del reflejo de su propio muro de hielo, ese que lo protegía y al mismo tiempo, lo convertía en víctima de su propia soledad.

Aquel era un precio que Bert se veía obligado a pagar, pues nunca había encontrado la forma de abordar a ninguna mujer por la que se sintiera cautivado. Bien por exceso, bien por defecto, los resultados de sus acercamientos era siempre iguales: una exclamación de desaliento y una mirada en la que se mezclaba la conmiseración y la sorpresa. "Trágame, tierra", solía repetirse mientras se alejaba ahogándose en el océano de su derrota.

Aún podía volver a su refugio sin intentar derrumbar la muralla helada. Aún era posible evitar la batalla, el fracaso y la humillación. Bert lo sabía, pero no se decidía a avanzar ni a retroceder. Su mano aferró el plato envuelto en una servilleta del que emanaba el delicioso aroma del *grilled sándwich*.

Esa mañana, Bert, se había levantado a las siete en punto y tras dedicar treinta meticulosos minutos a su arreglo, había entrado a su minúscula cocina para prepararse el café y el diario plato de avena con leche caliente y canela.

Al ver el trozo de mantequilla que descansaba sobre la mesa, se había relamido los labios con anhelo anticipado. De la rubia hogaza de pan había cortado dos gruesas rebanadas, a las que había untado con una capa ligera de aromática mostaza Dijon. Luego, como si de una ceremonia se tratara, había desmenuzado un poco de queso sobre el plato de porcelana azul, para mezclarlo con sal, pimienta y medio ajo muy bien picado; le encantaba la profundidad que incorporaba aquel toque.

En su preciada sartén de hierro, la única que tenía, había puesto al fuego un par de cucharadas bien cargadas de mantequilla junto con un generoso chorro de aceite de oliva. Los había observado fundirse. Cuando su amalgama ardiente estuvo lista, Bert sumergió en ella las rebanadas de pan con queso y atestiguó fascinado el proceso alquímico que transformaba aquellos ingredientes en un bocado crujiente en el que los sabores se complementaban con delicadeza.

A las 12:30 en punto, se había apresurado a colgar el cartelito de cerrado en la puerta de la librería y sacar el sándwich de su envoltorio de lino. Con sumo cuidado, lo había colocado en la parrilla eléctrica que guardaba en la trastienda. Apenas el queso se derritió, partió el sándwich en dos y colocó ambas mitades en un plato con la orilla color rojo, antes de descorchar la botellita de vino blanco que había traído de Francia. Al escanciarlo, Bert disfrutó los marcados aromas a mantequilla, manzana y hierba recién cortada que emanaban de la copa.

Una vez que tuvo todo dispuesto a su gusto, se había acomodado en el banco de su propio mostrador junto con su manoseada edición de La Historia Interminable. Mas tras el primer sorbo de vino, su mirada se había posado sobre los visillos de la mercería y su impulsividad lo había llevado a terminar en la banqueta con un plato y dos copas temblorosas.

El perrito negro dejó de mover la cola junto a él y cruzó la calle vacía. Antes de que Bert pudiera hacer o decir algo, el animal atravesó con decisión la puerta entornada de la mercería.

Los ojazos verdes de la dueña desaparecieron bajo el mostrador

A Bert se le secó la garganta, aquella era sin duda la señal para volver a su tienda. A punto estaba de girar sobre sus talones cuando lo detuvo el suave tintineo de las campanillas de la puerta. La mercera, con el perrito en los brazos, dedicó una sonrisa a Bert y dijo:

—¿Es tuyo?

Las rodillas de Bert se sacudieron, al tiempo que él tragaba saliva y negaba con la cabeza.

—¡Ay, a lo mejor está perdido! —añadió la joven acariciando con ternura al animalito. El nudo que cerraba la garganta de Bert se apretaba conforme los instantes se apilaban entre ellos. Un nuevo fracaso.

La mujer levantó el rostro, su verde mirada se posó sobre las copas y sonriendo preguntó:

—¿Para mí?

El corazón de Bert latía con tanta fuerza que ahogaba todas las palabras. Apenas pudo extender las trémulas copas hacia ella, asintiendo una y otra vez con la cabeza.

Ella ni siquiera dejó de acariciar al perrito, mientras examinaba con la mirada al hombre frente a ella. Él temblaba, soportando en silencio aquel escrutinio del que parecía depender su suerte; unos segundos después, la mujer le dio la espalda y se dirigió a su tienda. Bert apenas atinó a seguirla con una mirada que iba humedeciéndose... "debe ser que no le gusta la mantequilla" cualquier excusa era buena para no hundirse de nuevo en las aguas de la derrota. Podía sentir cómo la muralla crecía un poco más con cada instante que él pasaba con sus copas en la mano.

Un segundo fue suficiente para que el muro se estrellara.

El mismo que ella necesitó para girar el rostro y dedicarle una larga mirada color esmeralda.

No compraste leche

"Yo no escribo historias de terror, no las leo, ni siquiera veo películas de misterio… ¿cómo rayos voy a escribir una historia de miedo?", refunfuñó Ofelia tras leer la consigna del día, que la coordinadora del grupo de escritoras acababa de enviarle a su teléfono.

Se incorporó apoyándose sobre las almohadas bordadas y con un golpe de la mano envió hacia atrás los rizos rubios que se empeñaban en caer sobre su frente. Frunció los labios en un mohín, aunque no era persona que supiera permanecer irritada.

Tomó su taza de café.

Le encantaba prepararlo en su acogedora cocina azul y blanca, para luego volver a su refugio. Disfrutaba de ir desayunando poco a poco envuelta todavía en el capullo de su colcha de color rosa pálido, mientras la brisa que sacudía las cortinas traía hasta ella las fragancias matutinas.

Ofelia bebió un sorbo de café y examinó con atención el plato de muffins que había traído consigo. Eligió uno con glaseado blanco y chispitas de colores. Mientras lo mordía, releyó el mensaje y pensó: *"Esto suena como una película que yo jamás vería...".* Sin embargo, debía escribir su texto para enviarlo al grupo, por lo que se terminó el muffin y abrió la libreta de flores doradas.

Observó la página con fijeza durante unos minutos. No se le ocurrió nada.

Volvió a tomar la taza rosa que había dejado sobre el buró, cerró los ojos y la acercó a su rostro. Siempre había creído hallar inspiración en aquel gesto, pero en esta ocasión no le sirvió de mucho. Dejó de lado la libreta y la pluma de unicornio, abrazó su conejo de peluche amarillo y se dejó caer sobre la almohada en un aspaviento trágico.

Tampoco se le ocurrió nada.

Resignada, tomó el plato y optó por el muffin con trocitos de chocolate. Al volver a dejar el plato en el buró, estuvo a punto de tirar el montoncito de *post its* de colores que llevaba consigo a todas partes. Una sonrisa iluminó su rostro al repetir lo que decía a sus amigos: *"Pues sí, soy tan despistada como para tener que dejarme recados por la casa".*

Ofelia bebió otro sorbo de café y sus ojos se posaron sobre el papelito color naranja pegado en la esquina del espejo de su tocador. Se levantó y se acercó con curiosidad hasta conseguir leerlo: *"llamar a Montse".*

Se le escapó un suspiro.

Casi tenía la seguridad de que la nota no estaba ahí cuando se había ido a acostar, pero estaba acostumbrada a que aquellos papeles aparecieran en cualquier momento, ora pegados en el espejo de la habitación, ora en el del baño, en la pantalla de la tele o en la puerta del refrigerador. La mayoría eran recordatorios banales, como *"lavar los manteles"*, *"regar las plantas"* o uno de los más frecuentes: *"comprar leche"*. Pero había ocasiones en que los mensajes eran tan crípticos que a ella misma le costaba comprenderlos.

Ofelia volvió a la cama, enredó sus piernas largas en el calor de la colcha y recordó la ocasión en que, al bajar a la cocina para prepararse el café, se había encontrado con un *post it* pegado en el jarrón de nomeolvides sobre la mesa.

Una sola palabra se leía en aquel cuadrado amarillo brillante: *"Aliméntame"*.

Era su letra, pero no recordaba haberlo escrito y tampoco tenía la menor idea de lo que había querido decirse.

Con el *post it* pegado a las yemas de los dedos y envuelta en su bata de seda, color durazno, se había estrujado el cerebro en un intento por saber qué mensaje ocultaba el dichoso papel. Pero tras un día entero, tuvo que admitir que no sabía si era el título de un texto que se le había ocurrido en medio de la noche, un apunte sobre sus propias debilidades, o un recordatorio esotérico sobre la necesidad de alimentar el alma. Al anochecer, frustrada y con un creciente dolor de cabeza, Ofelia había terminado por tirar el papel en el bote de la cocina.

Tomó otro sorbo de café y se estiró en la cama como un gato complacido.

En seguida pensó: *"así que, si yo siguiera la consigna de la coordinadora, intentaría ser un poco más específica"*. Estuvo a punto de soltar una carcajada al imaginarse a sí misma escribiendo una nota que dijera: *"matar al gato"*, pero su sonrisa se borró de golpe.

Ella era incapaz de eso.

Ni a un pájaro, ni a ningún animal, ni a nadie. Ni siquiera a los insectos que se colaban por la ventana abierta. Antes hacía todos los esfuerzos posibles para conseguir devolverlos con vida al exterior.

Aún recordaba con horror la noche en la que su padre y su tío habían perseguido un ratón, hasta matarlo a golpes en el patio de la casa. Ofelia se estremeció al volver a escuchar los gritos, las carreras y los chillidos desesperados del animalito acorralado, los golpes espantosos de los palos. Desde la ventana de la recámara, como hipnotizada, había escuchado el crujir de los huesos del ratón y el ríspido silencio que envolvió el patio cuando el animal se quedó inmóvil.

Tomó el último muffin del plato y la combinación de naranja con chocolate la devolvió al mullido presente. El pan dejó una huella de polvo de cocoa en sus labios que desapareció tras un nuevo trago de café. Un pensamiento atravesó su mente como un rayo: *"Además tendría que matar a Mimoso, el gatito pinto de Prisca, mi vecina...* Sus ojos se velaron, no parecía que fuera a escribir nada aquella mañana.

Se puso la bata color durazno y se calzó los esponjosos calcetines rojos con gomitas en las plantas, con la taza en una mano y el plato vacío en la otra, bajó la escalera.

Al entrar en la cocina observó que la puerta del patio estaba abierta y pensó que tal vez hallaría la inspiración sentándose a tomar el resto del café entre las lavandas del patiecillo.

Ofelia se acercó a la mesa sobre la que descansaba la jarra de café recién hecho, dejó el plato, rellenó la taza y atravesó la puerta que daba a su patio.

Entre la silla de paja destartalada y la de plástico verde fosforescente, yacía un bulto sangriento: un gato pinto al que le habían sacado las entrañas. Pegado en el suelo junto al animal, un *post it* naranja escrito con su propia letra, decía: *"No compraste leche".*

Aquí no hay fantasmas

Miras la casa y pese al sol del mediodía te estremeces.

Pero mujer ¿desde cuándo te espantan los cuentos de brujas? Ni que fuera la primera vez que visitas una propiedad en decadencia y te sueltan el chisme de la casa encantada... ¿O es que ya no te acuerdas de aquella vecindad en pleno centro?

"Macabra" así fue como te la describió tu jefa, cuando te entregó la ficha y te pidió que la evaluaras. Claro que todos sabemos lo mucho que disfruta con las historias de terror, así que no podía dejarte ir sin hablarte de todos los fantasmas y espectros que la habitaban... que si la niña con la muñeca que aparecía en lo alto de la escalera, que si un gato negro que desaparecía en las habitaciones, que si el cuadro que te seguía con la mirada y, por no dejar, hasta un viejo andrajoso que arrastraba un hacha en el patio central.

¿Y acaso encontraste algo? Sí, una propiedad magnífica, con amplias habitaciones, llenas de detalles del siglo XIX por todas partes. En el patio, de estilo morisco y bañado por la luz natural, en lugar de un anciano con un hacha, hallaste una fastuosa fuente decimonónica de la que, por algún milagro, aún manaba agua. El único susto en realidad, te lo había dado una viga que casi te cae encima al abrir una puerta, pero eso es algo que mal puede calificarse de sobrenatural.

Vamos, Lydia... ni ahí había fantasmas, ni los hay aquí tampoco.

Das un par de pasos en dirección a la casa y te detienes frente a la reja oxidada. Seguro que otrora flanqueaba orgullosa el terreno, pero ahora se hallaba en un estado lamentable. Algunos barrotes están mohosos, roídos por la acción del tiempo, otros están doblados debido a las aventuras de los chiquillos del barrio quienes, al decir de Don Rafa, el vecino, cada tanto entraban al patio para hacerse los valientes.

Con la mano apartas la maleza que se enseñorea con la reja, los tallos crujen bajo tus dedos hasta que consigues hacer un hueco y diriges una mirada al interior: un jardín invadido por las hierbas, paredes con la pintura rosa desvaída y desconchada, una manguera azul desgarrada en medio del patio y un gato tomando el sol que te dirige un maullido indignado antes de salir huyendo por sobre la barda.

Es cierto que la propiedad parece casi en ruinas, pero eso no lo ha causado ningún fantasma, sino el tiempo y el descuido, y tú no puedes seguir procrastinando tu entrada. Fantasmas o no fantasmas, en este momento, lo único que en verdad te aterra es la reacción de tu jefa si vuelves a la agencia sin haber evaluado la casa.

Te pasas las manos por el rostro, respiras con fuerza y metes la llave en la chapa de la puerta principal. Con cierta dificultad consigues hacerla girar. La vieja reja parece trabada por el tiempo, pero tras dos empellones se abre con un chirrido.

Sobre la desolación del jardín se cimbrea orondo un viejo sauce.

El columpio sigue ahí, una tabla y dos cuerdas, atadas a la rama más baja del árbol, moviéndose al compás de la brisa. Te acercas y apoyas la mano en la madera, las palabras de la dueña de la tienda de abarrotes de la esquina, vienen a tu memoria y recuerdas su sonrisa nostálgica mientras te hablaba sobre los dos chiquillos rubios que habían habitado aquella casa. Dos hermanos, uno de seis y otro de ocho años, tan dulces y encantadores, que ella terminaba fiándoles los caramelos de sandía un día sí y otro también... Y por las tardes, al pasar frente a la casa, solía escuchar sus risas y el chirrido de las cuerdas del columpio que el padre les había hecho.

La rama cruje bajo el peso del columpio y tú huyes al escuchar una risa infantil.

Te detienes a la mitad del jardín. Te pasas las manos por la cara... ¡Por Dios, Lydia, contrólate! Si no es más que un pájaro que grazna en el sauce, te repites una y otra vez, mientras aprietas en el puño las llaves con tanta fuerza que las puntas se te clavan en las palmas. Con la respiración acelerada y la sensación de estar haciendo el ridículo, cambias las llaves de mano y estiras los dedos hasta recuperar la circulación.

Das la espalda al columpio y te diriges al interior de la casa.

La puerta de la cocina apenas se sostiene contra el marco, por lo que entrar no te cuesta ningún trabajo. La cocina es amplia, muy iluminada, toda embaldosada en blanco, aunque las ventanas del fondo están rotas y sobre ellas apenas quedan restos de las cortinas de encaje comidas por las polillas. Escuchas el eco de tus pasos mientras la recorres, observando los espacios con tu entrenada mirada, hay lugar para un ante-comedor y una buena alacena; sin duda habrá que cambiar la estufa, pero cabe un refrigerador de los grandes. Te detienes ante el trinchador aún lleno de platos y tazas con borde dorado y te preguntas por qué la familia habría abandonado la vajilla... Las palabras de la vecina sobre desaparición del padre y el hijo mayor, quienes parecieron evaporarse tras la muerte del pequeño, vuelven a rondar tu memoria.

Un escalofrío te recorre la espalda.

Sacudes la cabeza, no vas a dejarte llevar por tu imaginación.

Anotas los detalles en la libreta que siempre llevas en la bolsa y caminas hacia la sala y el comedor. La estancia está llena de polvo, hay dos sillones rotos y una mesa cuarteada arrinconados entre telarañas, pero los ventanales dan al jardín y la luz de la tarde baña la estancia dándole una bella pátina.

Das algunos pasos por la estancia midiendo, observando las paredes, la distribución, la puerta semi oculta que lleva al patio interior donde también está el cuarto de lavado. Sí, sólo hace falta un poco de pintura, un bastante de limpieza y unos toques aquí y allá para devolver esta casa a su antigua gloria.

Bueno, eso e ignorar los cuentos de terror de los vecinos, como la de enfrente que parece tener una fascinación morbosa con la casa y que al ver que te disponías a entrar, no dudó en relatarte con detalle la muerte del pequeño de la familia. Una muerte acaecida en circunstancias "sobrenaturales", pues según ella, había sido una fuerza maligna lo que arrojó al pobre chiquillo por encima del barandal de la escalera...

El mismo barandal sobre el que apoyas ahora la mano.

Sabes que tu respiración agitada no tiene nada qué ver con la subida, apoyas una palma sobre tu pecho para tranquilizarte y miras a tu alrededor procurando recordar tu cometido en la casa.

La planta superior parece encantadora, tres habitaciones distribuidas alrededor de un pasillo central que termina en un baño completo, con las paredes cubiertas de azulejos del color del mar.

Entras en la habitación de la izquierda, es muy fresca, casi fría, pues sus ventanas dan al patio interior y está vacía por completo. Aquella soledad te remonta de nuevo al relato de la vecina, quien afirmaba que tras la muerte del niño, la madre había enloquecido de pena. Según ella, la mujer se había encerrado en la habitación de su hijo y durante semanas se escucharon llantos, sollozos y aullidos insoportables... Hasta que un día la casa amaneció en silencio y el cuerpo de la mujer colgado de la ventana, todavía con el vestido amarillo que llevaba cuando recibió la espantosa noticia.

Lydia, ¿estás aquí para evaluar la casa o los chismes de los vecinos? Te preguntas con impaciencia. Miras tu reloj, llevas ya una hora y media, más vale que te des prisa, o llegarás tarde a tu siguiente cita.

Vuelves a escuchar el resonar de tus tacones mientras te diriges a la segunda habitación. Para tu sorpresa, encuentras dos camitas con colchas azules y dos carritos rojos cubiertos de telarañas en el rincón más lejano.

Te acercas a la ventana.

Desde ahí se domina el jardín, puedes ver las hojas del sauce sacudiéndose con la brisa; te estremeces al darte cuenta de que esta es la ventana. La del suicidio, la del fantasma...

Don Rafa, el vecino de la izquierda, te había contado todos los detalles: los destellos que la luna arrancaba al vestido amarillo, el rostro pálido bañado por las lágrimas, el cabello negro y la mujer para quien las paredes no representaban obstáculo alguno. Después de su encuentro con ella o la entelequia en cuestión, Don Rafa había recurrido a un vasito de brandy para tranquilizar sus nervios. Aunque por el temblor de sus manos y el tufillo de su aliento, tú sospechabas que su encuentro con los aparecidos no sólo había comenzado mucho antes de acercarse a la casa, sino muy probablemente en el fondo de una botella "espirituosa".

Recorres el pasillo que lleva a la habitación principal, mientras repites "aquí no hay fantasmas, aquí no hay fantasmas". Asientes con la cabeza. Es bastante grande, con paredes de un blanco sucio en las que aún se ven las marcas de los clavos que un día sostuvieran fotos de familia; en el centro un colchón matrimonial cubierto con una sábana polvosa y sucia.

Con tu libreta en la mano te apresuras a bajar las escaleras.

Atraviesas el jardín con pasos seguros, pero al pasar junto al columpio sientes la necesidad de echar una última ojeada a la casa que se yergue a tus espaldas.

Te detienes y giras para enfrentarla.

La observas de pared a pared; sin duda el abandono y la soledad han dejado su huella en la casa, pero el columpio sigue balanceándose en su rama como si esperase con nostalgia a los niños que ha de acunar.

Se te escapa un suspiro de alivio. Aquí ni hay fantasmas. No son más que habladurías y cuentos de borrachos.

Dedicas una nueva mirada a la casa.

Atraviesas el jardín con pasos controlados, pero las manos te tiemblan cuando cierras como puedes la verja maltratada. La llave se te cae y por poco la dejas en el suelo.

Entras en tu coche y cierras la puerta con fuerza.

Intentas prender el encendedor varias veces sin resultado. El cigarrillo se te pega a las palmas húmedas. Arrojas ambas cosas al asiento de junto y arrancas sin siquiera ponerte el cinturón de seguridad.

Mientras te alejas de la casa te concentras en mantener los ojos en la calle frente a ti. Tu mirada parece tener vida propia, necesitas de todo tu control para que no se desvíe hacia la casa; no sea que vislumbres de nuevo esa llamativa cortina amarilla que se agita en la ventana del segundo piso.

Un hombre que fumaba

Las estrellas centellaban en un firmamento que, con decidida lentitud, mudaba del negro al brumoso azul de las mañanas otoñales. En la parada, Luz tiritó bajo el abrigo gris. Como cada mañana, aguardaba sola, con el portafolio color granate en una mano y el abono transporte en la otra.

En cuanto el autobús se detuvo, ella lo abordó.

Sujetándose a los respaldos desiertos con una mano, avanzó por el estrecho pasillo metálico hacia su asiento preferido. Al dar una ojeada al fondo del vehículo, observó a la anciana del abrigo negro y los grandes lentes quien, como siempre, dormitaba ya en el último asiento.

Se acomodó la tercera fila de la izquierda junto a la ventana, colocó el portafolio sobre sus rodillas y guardó el abono en el bolsillo interior. Se aflojó la bufanda, apoyó las manos sobre el portafolio y exhaló un suspiro de contento.

Le encantaban sus paseos matutinos. Disfrutaba observando cómo emergía la ciudad de la penumbra, como un monstruo enorme que va desperezándose poco a poco, sacudiéndose la molicie conforme los rayos de sol pintan de dorado las paredes de su cueva. Si acaso su larga lista de cosas por hacer encontraba un resquicio lo suficientemente amplio como para colarse, ella sacudía la cabeza repitiendo entre dientes su sedante mantra: "los pendientes, en la oficina; los pendientes, en la oficina", hasta reencaminar su atención hacia la belleza del sol despuntado por entre las nubes y los edificios que se dibujaban en el horizonte.

Luz cerró los ojos para dejar que aquella paz se asentará en cada hueco de su alma. La envolvió un inconfundible aroma a café.

Aun con los ojos cerrados, Luz supo que estaban a punto de entrar a la Calle Alcalá. Aquella era la segunda parada después de la suya y en la que subía una elegante rubia que siempre llevaba consigo un vaso de acero del que se desprendía el placentero efluvio. Abrió los ojos a tiempo para verla desfilar por el pasillo con una boina roja sobre la rubia melena, un abrigo a juego y su inseparable vaso.

Con el aroma a café aún suspendido en el aire, Luz echó un vistazo a su reloj y sonrió. El autobús llegaría puntual, tenía tiempo de sobra para sentarse a tomar un café, pero de los buenos, tan caliente como dulce y surcado por cremosas olas en las que sumergir los churros crujientes y bañados en azúcar. Se relamió los labios al pensar en que esta vez añadiría canela, mucha canela salpicando las ondas de crema. Sí, con toda seguridad aquel desayuno mitigaría la incomodidad que sentía en la boca del estómago desde aquella mañana; una molestia que ella sabía era mitad hambre y mitad esa extraña ansiedad que la embargaba cada vez que venían los jefes de Bilbao.

El frenazo la estrelló contra el asiento de enfrente.

El portafolio granate quedó en el suelo, mientras una desconcertada Luz se frotaba el magullado pecho con la mano derecha y con la izquierda se limpiaba las lágrimas que le había sacado el choque.

Un gemido a su espalda la devolvió a la realidad. Giró el rostro.

En el fondo del autobús la anciana apoyaba una mano sobre su frente, mientras se mecía de adelante hacia atrás gimiendo en voz baja. Su gorrito tejido estaba en el suelo, tenía los lentes torcidos y Luz alcanzó a ver un poco de sangre que manchaba los dedos de la anciana. Quiso ponerse de pie, pero el golpe le dolía. La distrajo el aroma del café y giró el rostro para observar el arroyuelo de cafeína que descendía por el pasillo, precediendo a la rubia que se precipitaba hacia la puerta delantera del autobús.

Luz pudo ver que llevaba el codo derecho abrazado con la mano izquierda.

Se frotó de nuevo las costillas con la mano derecha e intentó inclinarse para levantar su portafolio, pero sintió como si fuera a desmayarse por lo que prefirió permanecer quieta y apoyó la frente en el fresco cristal de la ventana.

De súbito le preocupó la ausencia del hombre en silla de ruedas, el que siempre estaba fumando bajo la farola y al que observaba cada mañana. Los limpísimos zapatos contrastaban con la manta que le abrigaba las rodillas y cuyos tonos de azul se habían perdido para siempre bajo las capas de mugre que el tiempo había ido entretejiendo en ella. El hombre se cubría la cabeza con un achatado sombrero de una tela que un día fuera de cuadros y sus manos enguantadas, lo mismo en verano que en invierno, sostenían siempre un cigarrillo encendido.

Jamás lo había visto moverse de su sitio, pero su desaparición dejaba un hueco en el paisaje que a Luz se le antojó inconcluso.

Su ausencia le fracturó el alma y se apresuró a buscarlo con la mirada a través del cristal, mientras sus manos se sacudían al ritmo de su respiración entrecortada. El estruendo inesperado de la sirena de una ambulancia cortó el aire cercano. Las manos de Luz se agitaron incontrolables, sus ojos registraron cada centímetro de calle hasta que vio al hombre fumando impávido sentado en su silla de ruedas una farola más allá de la de siempre.

El paisaje se completó de golpe.

Las manos, serenas por fin, se posaron sobre el pecho inmóvil de Luz.

Las aguas del olvido

A ella siempre le ha gustado el mar.

En cambio a nosotros, jamás nos ha gustado la enorme masa de agua salada que se estrella contra el horizonte; esa masa que todo lo devora, que todo lo arrastra a sus entrañas.

Todo, menos a ella. A ella nada puede detenerla.

Le falta tiempo para correr hacia las aguas verdosas, lanzarse en picada, sumergirse de un solo golpe, abrazar las ondas y dejar que la acunen con sus brazos húmedos. Ella salta una y otra vez entre las olas, la sal incrustada en sus negros cabellos centellea como diminutos diamantes al sol.

A nosotros sólo nos estremece el suave batir de la corriente, y al observarla desde el seno marino, nos parce una ondina mitológica, una sirena de las que tientan a la alegría para asesinarla después. A nosotros nos cubre una sombra, pesada y densa como una losa, sin diamante alguno que ilumine nuestros silencios de agua y piedra.

Las olas dejan su huella en la playa.

Sobre las doradas arenas acariciadas por la espuma, hay otros. Desde sus catres, observan el horizonte con indolencia, se abanican o ríen entre ellos.

Ella sonríe a menudo.

Nosotros nunca.

En sus catres, algunos duermen. Y sus sueños se acurrucan entre nubes y caracoles, se mecen entre algas y mantarrayas y se sumergen como sirenas desnudas entre las corrientes oníricas.

Ella siempre sueña, a veces olvida, e incluso, perdona.

Nosotros, los náufragos, jamás soñamos, ni olvidamos. Y el perdón nos está vedado.

Risueña entre las aguas verde azules que acarician sus muslos, ella juega, canta, ríe y baila.

Jamás podremos imitar su alborozo, pues la alegría nos está prohibida a nosotros, los desgraciados que jamás alcanzamos las aguas del olvido.

El viento sutil sacude sus cabellos negros hasta secarlos.

De nosotros, los ahogados, se ha olvidado para siempre.

Allá, muy arriba, muy lejos, se vislumbra el cielo pintándose de lilas y dorados; se anuncia la muerte del día.

A los otros les incumbe. Abandonan sus catres, se miran a los ojos, suspiran y se empeñan en luchar contra el tiempo, como si su contienda por sorber cada segundo, en verdad sirviera para algo.

En cambio a ella el tiempo no le importa.

Y a nosotros ya tampoco.

Ella emerge entre la espuma, como una Venus recién nacida. Da la espalda al horizonte malva, mientras en sus ojos reluce la pasión como estrellas de plata y su cuerpo vigoroso se yergue como una fortaleza entre las aguas saladas.

Nuestros escuálidos rostros se pintan de celos y envidia... Hemos dejado el miedo atrás, pero también el gozo.

Ella no. Teme, siempre teme, pero su regocijo iguala su miedo.

Y la envidiamos por ello. Y a veces, hasta la odiamos.

A ella le gusta coronarse de espuma.

A nosotros nos basta una fúnebre corona, esa que el mar se traga con un golpe de agua, igual que lo hizo con nuestros cuerpos abandonados.

Empujadas por el viento, las olas muerden la arena.

Ella avanza decidida hacia la playa.

No nos mira.

Ella jamás vuelve la vista atrás.

En cambio, nosotros tendemos las manos extenuadas hacia ella, hacia su cuerpo vivaz, enérgico. Manos enclenques, de ahogados, manos de remos exhaustos y velas rotas.

Si tan sólo pudiéramos rozar su piel... quizá cambiaría nuestra suerte opaca.

Desde el fondo de nuestra tumba líquida, alzamos las manos descarnadas hacia ella, el único anhelo que nos queda es apresar un tobillo, acariciar sus pies...

Pero nuestros dedos macilentos no son más que sombras inmateriales.

Y ella, ella es Venus... la vida, que siempre se nos escapa.

La loca de madre

Era aquella la habitación más recóndita, lóbrega y tenebrosa de las veintidós que conformaban la lujosa mansión al este de Hannover.

Desde el primer momento en que algún incauto osaba acercarse hasta el obscuro pasillo que conducía hasta ella, se veía envuelto por un tufo de flores podridas y vinagre rancio. En seguida, se escuchaban ruidos extraños en el interior de la habitación, unos ecos tales que solían helar la médula del desaprensivo visitante. Pero si el ingenuo, más intrigado que asustado, se decidiera a abrir la pesada puerta de madera, una ráfaga apagaría de golpe sus candelabros y, ya de pasada, también el valor del imprudente.

Mas, ocasiones había en que semejante experiencia no era suficiente. Pese a la súbita obscuridad, había intrusos que decidían proseguir con su investigación adentrándose en el aposento, donde eran recibidos por una vaharada de perfume de sándalo, ese que tanto le gustaba a madre, mezclado con moho y sangre reseca. En ese instante, la puerta se cerraría de golpe a sus espaldas y un viento tan helado como el de una cripta erizaría la piel del entrometido.

Si para ese momento, el desconocido aún no había abandonado la estancia con la piel lívida y el corazón acelerado, escucharía a su espalda el crujir de las decrépitas tablas del piso, bajo el peso de unos pasos que se acercaban con lentitud. Giraría a toda prisa y a nadie encontraría, pero sentiría la presión de unos dedos fríos y huesudos sobre sus hombros. Sin necesidad de mano que hiciera girar la manivela, la cajita de música abandonada en el ropero haría sonar su viejo vals de siempre.

Aquello solía bastar para hacer desertar a los visitantes.

Pero si por casualidad aún quedase alguno con el valor suficiente como para atravesar la habitación, acercarse al espejo y arrancar el velo que cubría la maltratada luna de azogue, jamás hallaría el reflejo de su propia imagen: lo único que vería entre polvo y telarañas, sería una calavera y un sangriento alfanje... Ese era el instante en que un aullido proveniente de ninguna parte, helaba la sangre del entrometido que, o bien huía tembloroso y sin habla, o bien quedaba tendido en el suelo, con el rostro frío y más pálido que las flores del cementerio.

Nunca se habían escuchado las risas que inundaban el pasillo. Unas risas como campanitas de cristal, tan ligeras y joviales incapaces de asustar.

A nadie está destinado nuestro regocijo ni la profunda alegría que nos viene de atemorizar a quien pretende adentrarse en nuestra morada. Esta guarida que hemos habitado desde que la loca de madre nos decapitó en esta misma habitación, abandonando los cuerpos de sus tres hijos tendidos en sendos charcos de sangre, para negarnos el descanso de la sepultura.

Mis hermanos y yo habríamos podido pasar la eternidad arrastrando las cadenas de nuestra tragedia; tal vez aullando hasta que nuestros sollozos atrajeran la atención de algún bienintencionado visitante. Quizás entonces nuestros huesos conocerían el reposo de una fosa.

Pero no.

Reímos y jugamos a asustar a los incautos y si de vez en cuando alguno muere del susto, mejor para nosotros. Así tenemos compañía, aunque sea efímera, en esta buhardilla a la que nunca llega el sol, desde que madre tapió las ventanas, hará unos trescientos años.

DamaLuna

Se miró la punta de los zapatos.

No sólo le parecían ridículos, sino que además le constreñían los dedos de los pies. Por su gusto, Peter, los habría arrojado de una patada lo más lejos posible, pero sabía que era imposible; obligado a permanecer de pie junto al carruaje del Superintendente, estaba condenado al tormento continuo.

Levantó la mirada. Por encima de los tejados, la niebla iba disipándose bajo los primeros besos del sol y las chimeneas de las fábricas escupían ya sus vaharadas de humo negro. Lo devolvió a la calle el llamado del Big Ben, tan cercano que pudo sentir la vibración en el estómago.

Peter se irguió un poco más en su incómoda librea de lacayo y dirigió una mirada a su alrededor. Como siempre que se sucedía aquel espectáculo, no faltaban curiosos que buscaban vislumbrar algún detalle del espantoso crimen, aunque eran dispersados de inmediato por alguno de los policías que hacían guardia en la entrada de la callejuela. Sin embargo, ni siquiera los mismos uniformados podían evitar lanzar ojeadas desconcertadas al cadáver eviscerado y tendido en la acera en un charco de sangre reseca... otro cuerpo que aparecía destrozado, otro inspector con la derrota pintada en el rostro exangüe y el Superintendente que gritaba a sus subordinados, a la víctima o al cielo mismo... un crimen más, de los muchos que Londres había visto pasar.

Desde su puesto junto al carruaje, Peter dedicó una mirada de desdén hacia dos hombres con gorra que se apresuraban hacia el supuesto paraíso de las fábricas. Con tanta prisa pasaron, que apenas si dedicaron una mirada a la escena del crimen, a diferencia de la mujer del chal sucio y las faldas desgarradas que se arrastraban por el fango y que intentó sin ambages, deslizarse dentro del callejón. Sin tardanza, uno de los uniformados la echó de malas maneras a la calle, donde topó con un caballero de impecable traje de dos piezas y bastón de ébano, que la esquivó con un gesto de asco.

La puerta de un establecimiento se abrió y un aroma a pan inundó la calle.

A Peter se le revolvió el estómago.

Tres elegantes jovencitas con sus vestidos de mañana, las manos enguantadas y sus bolsitos de seda colgando del brazo, se habían detenido junto al carruaje, susurrando entre ellas sobre el horrendo crimen acaecido a unos pasos de distancia.

El lacayo apenas les prestó atención, en cambio, inclinó la barbilla y fingió mirarse los zapatos para encubrir un bostezo. Con disimulo giró el cuello para dedicar una mirada al Superintendente, ese hombre que no permitía debilidad alguna en sus subordinados. Peter observó el abultado abdomen apenas contenido por el traje hecho a medida, el rostro congestionado, casi purpúreo y con marcas de viruela, las manos chatas que movía de un lado a otro, mientras recorría el callejón de arriba abajo sin dejar de vociferar. Con cada grito, la gruesa vena de la sien se hinchaba un poco más, como si fuera a estallar de un momento a otro... Pero Peter sabía que aquella vena latía con igual furia, lo mismo si su dueño se dirigía al teatro del brazo de su señora, que a una de las exclusivas cenas que ofrecía su Club, que a la oficina del Primer Ministro, o a la casa de su amante, la adorable Valentine.

Pero no sería él quien interrumpiera los gritos de su jefe.

Había presenciado en más de una ocasión las consecuencias de desafiar las órdenes, gustos y manías de aquel hombre y no estaba dispuesto a sufrirlas en carne propia. Un valet había sido despedido por no sacar bastante brillo a los botones del uniforme de gala; una doncella había renunciado el mismo día de su llegada, después de que el Superintendente le recriminara a gritos su tardanza en traer el té. Peter, incluso había visto a Mary, la tiránica cocinera, echarse a llorar sobre sus fogones, después de que su jefe arrojara el *Sunday's Roast* en el suelo de la cocina, por no encontrarlo "suficientemente dominical".

Entre risitas, susurros y perfumes, las tres jovencitas pasaron junto a Peter, justo cuando una de ellas afirmaba:

—Me despertó un sonido espantoso, era como un profundo retumbar de patas... —Las otras dos respondieron con chillido de emoción, pero él no alcanzó a escuchar el resto de la historia, pues las tres avanzaron hacia la escena del crimen.

Al quedar solo junto al carruaje, Peter exhaló un suspiro y se clavó las uñas en las palmas de las manos para evitar que una sonrisa aflorara en su rostro. La misma sonrisa que aparecía cada vez que pensaba en que el sonido de sus patas al galope en las heladas calles londinenses provocaba que las mujeres se santiguaran en sus habitaciones.

Por un instante, se sintió tan poderoso como en el momento en que lo estremecía el dulce llamado de su Dama Luna. Su irresistible clamor encendía de plata su sangre, su cuerpo, su alma y liberaba su verdadero ser. Guiado por la bruñida luz de su Dulce Señora, él se lanzaba a una veloz galopada, igual que lo habían hecho los suyos por miles de años, al responder al llamado de la luna llena.

Su pelaje se fundía con la penumbra y los fétidos vapores expulsados por las fábricas que lo convertían en una sombra que asustaba a los trasnochadores y provocaba visiones a los borrachos apoyados en las farolas de luces vacilantes. Su carrera por las calles, con las patas azotando el suelo, los belfos escurriendo saliva y sudor y la nariz saturada por los asquerosos aromas que escapaban por debajo de las puertas, apenas se detenía en alguna esquina lóbrega para lanzar un aullido que helaba la sangre a las comadres resguardadas entre colchas y devocionarios.

La voz de su jefe atronó el aire matinal y la mirada de Peter se posó sobre el joven y anémico inspector que soportaba la nueva andanada de gritos, haciendo todo lo posible para conservar el control de sí mismo.

Peter desvió la mirada y la clavó en un punto lejano.

Su corazón se aceleró al recordar el instante en que se abandonaba a su imperio refulgente, cuando su voluntad se fundía con el mandato de la Luna, su Dulce Señora y él se dejaba llevar por la ira plateada que lo impulsaba a ajustar cuentas con la infame boca de asco y dolor en la que Londres se había convertido. Lo mismo hincaba sus colmillos en el vicio que arrastraba la virtud por el arroyo, que en la pobreza que exhibía su sórdida desgracia por la calle, o en la riqueza que ostentaba su desenfreno con impudicia.

Sólo cuando había cobrado su pieza, el cazador dirigía su carrera hacia los pastos agrestes, más allá del viejo cementerio; allá donde el aire es límpido y la Dama Luna baña de plata la hierba húmeda. Él revolcaba su hirsuto pelaje en la maleza, hasta conseguir que el rocío purificase su pelambre sudoroso, sus zarpas y sus belfos que chorreaban sangre, saliva y repugnancia.

Cuando su cuerpo quedaba limpio de toda la porquería humana y con el corazón y la conciencia purgados por la sangre derramada, él aullaba su ofrenda y juramento a la Dama Luna, antes de emprender la carrera que lo llevaría hasta las habitaciones de la servidumbre en la casa del Superintendente.

Una vez más, en cuanto el sol se elevaba por sobre tejados y chimeneas, el espectáculo se repetía: gritos del Superintendente, policías montando guardia con el miedo en la mirada, curiosos que buscaban asomarse, inspectores desconcertados y en el centro de todo, un cadáver horrorosamente desfigurado... otro crimen y ningún culpable.

—Peter, ¿va a hacer su trabajo de una vez, o va a seguir ahí como un estúpido?

La puerta del carruaje se abrió sin dilación.

Con el rostro torcido en una muesca de rabia y la vena más roja que nunca, el Superintendente subió. La puerta se cerró a sus espaldas con un crujido imperceptible.

Una sonrisa felina curvó los labios de Peter, al pensar en lo poco que faltaba para volver a sentir en su piel el llamado de Dama Luna.

Insumergible

Mi abuela no era dama de alcurnia, pero sí de buenos modales e ideas fijas, y ni siquiera una pandemia le parecía causa suficiente como para perder los primeros o modificar las segundas. Así que seguía saludando con un alegre "¡buenos días!" a todo aquel que pasaba cerca de su balcón. Algunos miraban asombrados a la anciana que emergía por entre plantas de jade, geranios y rosales, con su jarro de café entre las manos arrugadas, un perfecto chongo blanco y un vestido de tono tan jubiloso como las flores a su alrededor, pero la mayoría le responde con una sonrisa. Aunque el confinamiento por coronavirus la obligó a quedarse en casa, de ninguna manera aceptaría pasar el día en bata, o peor aún en pants: un atentado contra el buen gusto.

Polita la llaman sus vecinos desde que llegó a vivir a un edificio rosa y blanco de cuatro departamentos en la colonia Roma hará cerca de cincuenta años, (yo creo que ya ni mi amá se acuerda de cómo se llama la abuela), ha sobrevivido a las variadas crisis que una y otra vez intentan mermar su espíritu; desde las financieras, pasando por la muerte de su esposo hace veinte años, hasta los dos últimos terremotos que han sacudido la ciudad. Ella misma reconoce que en el de 2017 le costó más trabajo bajar la escalera, atarantada entre las sacudidas de la tierra y el estruendo de la alarma. Pero, apenas llegó a la banqueta, ya estaba abrazando niños y organizando vecinos, tal como lo hizo 32 años antes, tras el sismo de 1985.

En el barrio, todos la conocen y ella nunca ha sabido estar encerrada, por eso, cuando empezó la cuarentena, mi amá y yo sabíamos lo difícil que iba a resultar para Polita. ¿Cómo iba a sobrevivir sin sus largos paseos por el parque, el cafecito en el Sanborns's de toda la vida, sus miércoles de pollo con mole con Angustias, la vecina; las tardes de churros y chocolate caliente con las amigas, o sus vueltas al mercado para visitar a sus marchantes de siempre?

Pero, no contábamos con el insumergible espíritu de Polita, quien, en unos cuantos días ya había reorganizado su vida con ayuda de los vecinos y su ingenioso "Poli-elevador", como bautizó a la cubeta atada a un mecate con la que sube hasta su balcón, lo mismo las conchas de chocolate —que trae el panadero en bicicleta y sin las cuales su café de olla no le sabe igual— que las frutas y verduras frescas que le llevan los marchantes del mercado, y las quesadillas de tinga, chicharrón y hongos que venden dos esquinas más adelante, pero que para Polita tienen "servicio a domicilio".

Hace un mes, Polita llamó a mi amá y le dijo que ya estaba aburrida... la amá se asustó porque pensó: ¡híjole, ahora sí se va a deprimir! Pero, Polita sólo se refería a que quería cambiar de actividad: había escrito una lista con sus sueños de juventud y estaba decidida a cumplirlos "ahora que tenía tiempo".

Mi amá se tranquilizó un poco, aunque no supo muy bien qué contestar porque ¿a quién se le ocurre ponerse a cumplir sueños a la edad de la abuela? Pero a mí, la verdad, me pareció muy buena idea... hasta me hice el propósito de que, cuando se acabe la pandemia, me voy a comprar una libretita y voy a empezar a anotar las cosas que quiero... cuando se termine la cuarentena.

Mientras tanto, Polita me pidió que le enseñara a bajar una aplicación para aprender idiomas que había visto en un tutorial de YouTube, porque quería retomar el francés que había estudiado cuando tenía quince años.

Dos semanas después, sonó mi teléfono a las 6:30 de la mañana.

Casi me da un infarto cuando vi que era Polita... una emergencia, seguro. Y sí, era urgente que le enseñara a hacer una videoconferencia con Quebec... ¿Quebec? pregunté todavía medio dormida. Sí, respondió ella, Quebec como en Canadá, donde vivían sus nuevas amigas del grupo de francés de Facebook, y con quienes estaba a punto de empezar una clase de comida regional.

Hace dos días la llamé y no me contestó. Estaba a punto de preocuparme cuando me llegó un mensaje: "Cariño, cumpliendo mi sueño de cantar como la Caballé, te marco luego". Después, me enteré que se había comprado unas clases de ópera en MasterClass.

Han pasado cinco meses de cuarentena, y ayer fui a verla por primera vez. Abrí la reja blanca de su edificio, y mientras subía la escalera sonreí al pensar en que me la encontraría sembrando bonsáis, aprendiendo a hacer yoga o limando tablas para hacer joyeros.

Apenas iba a la mitad de la escalera, cuando Angustias con los ojos enrojecidos, me dio un abrazo y el pésame. El corazón se me aceleró... ¿El virus? ¿Pero cómo... tan rápido? Si había hablado con ella el día anterior...

—No, m'ija, no fuel virus... fue un infarto —respondió Angustias con la voz temblorosa. Me deshice de su abrazo, corrí al departamento y me detuve en la puerta abierta: olía a café de olla y al perfume de Polita.

En la tele, un viejo video de Jane Fonda estaba en pausa. Sobre la mesa del comedor, junto a un jarrón lleno de claveles frescos, una libreta abierta exhibía la larga lista de sueños, escrita con la bonita letra de mi abuela. El número quince decía: "aprender *aerobics*".

Yacía en la alfombra frente a la televisión, con uno de sus alegres vestidos rosas y una expresión tan plácida en el rostro, que me dieron ganas de aprender aerobics.

Cuenta atrás

Diez minutos

Fue apenas ayer que nos dieron el último aviso: es el final. El planeta que nos vio nacer desaparecerá para siempre tras colisionar con un asteroide gigante. Pero los que pagamos el seguro tipo B619a, tenemos la suerte de poder escapar. Desde mi ventana, vislumbro al otro lado de la calle la silueta de la estación en la que nos aguarda el transbordador. Ahí nos encontraremos mañana, llevando una sola maleta, con lo indispensable para nuestro nuevo comienzo.

Muchos de mis compañeros pasaron la noche en vela, seleccionando con todo cuidado aquello que llevarán consigo. Pero yo no pude hacerlo. Fiel a mi costumbre, elegí negar la realidad hundiéndome en una novela de Dostoievsky.

Nueve minutos

Ahora, con la cuenta atrás resonando en mis oídos, no me queda más remedio que llenar la maleta a toda prisa con lo que me será más útil en el viaje, o con lo primero que encuentro, pues a estas alturas, ya me empieza a parecer lo mismo.

Meto dos suéteres de cuello alto y la crema de contorno de ojos. Encima coloco mi mejor ropa interior, tres blusas negras, el dije que me regaló Sebastián, un pantalón color crema y una libreta de tapa dura. Añadí un camisón, dos cepillos de dientes y el tomo de *Crimen y castigo*.

Ocho minutos

Y las sandalias de tacón, porque me gusta ser sexy.

Seis minutos

Como puedo, cierro la maleta y corro por el patio de la casa hacia la estación. Abro la puerta y me detengo.

Cuatro minutos

Me golpea la certeza de haber elegido todo mal. Arrojo la maleta al suelo, con dedos nerviosos apenas consigo abrirla.

Lanzo su contenido al piso para dejar espacio, Sebastián, al fuego de tus ojos cuando me miraban, al sabor de tu pan recién horneado, al aroma del café que me llevabas cada mañana y al olor a tierra mojada del jardín, nuestro jardín.

Dos minutos

Arriba de todo, estirados con cuidado, coloqué dos de los fantasmas que rondan nuestro hogar.

Y, muy bien envuelta, añadí también tu promesa de quedarte conmigo para siempre.

Un minuto

Atravesé a toda prisa la calle y crucé de un salto el umbral del transbordador. La puerta se cerró de golpe a mi espalda. Giré el rostro y por la diminuta ventanilla, pude observar el montón de baratijas abandonadas en el patio.

A sabiendas de que tengo todo lo que necesito me abrazo a las sandalias de tacón que tanto te gustaba que me pusiera, y a la novela de Dostoievsky que leíamos juntos.

Los hilos de Ariadna

—¿Qué tendrá esta gente en contra de un lugar para sentarse? —se preguntó Ariadna mientras apoyaba su peso sobre la mesa alta, en un intento por ofrecer una tregua a sus pies.

Con su tercera copa de champaña en la mano, observó a su alrededor: ni una sola silla a la vista. Según Gaspar, aquella era la última moda en las fiestas de sociedad, pues pretendía incentivar la circulación de los invitados. Ariadna bebió un trago y observó las puertas francesas abiertas frente a ella, que daban paso a la amplia terraza decorada con mesas altas y ramos de rosas que descendían por las columnas como cascadas de seda.

Al menos con Gaspar, la técnica parecía funcionar.

Apenas llegar a la fiesta, la había instalado en aquella mesa y con la excusa de hablar con la anfitriona, se había marchado a la terraza. Ariadna podía verlo saludando ahora a uno y después a otro, estaba claro que no tenía intenciones de volver, al menos por el momento. Desde luego, ella no se lo reprochaba, eran amigos desde el jardín de niños y aunque ambos eran amantes de su propia soltería, estaban siempre dispuestos a ofrecerse mutua compañía.

Con un suspiro, Ariadna dejó la copa vacía sobre la mesa y dirigió una ojeada a la terraza. Gaspar seguía charlando con los invitados.

Un atento mesero llenó la copa y Ariadna bebió a sorbos lentos, observando con curiosidad a su alrededor. Las tenues luces creaban una agradable penumbra en el salón, las alfombras en tonos obscuros amortiguaban los pasos y contra las altas paredes pintadas de un suave gris, se apoyaban estantes en los que se alternaban hileras de libros de lomos dorados y finos jarrones de cristal que ostentaban arreglos de rosas.

Ariadna sacudió frente a su rostro el abanico negro y acarició con la punta de los dedos la rosa que adornaba su copa. Las rosas parecían ser el tema de la fiesta, lo mismo descansaban sobre las mesas, que lucían en las estanterías, en los escotes y hasta en las charolas de plata que llevaban los meseros.

Movió el abanico sin demasiado ánimo. De un tiempo para acá, siempre tenía calor: "el signo de los años" lo llamaba ella cuando se sonrojaba sin venir a cuento. El champagne helado la refrescó un poco, dejó la copa y apoyó los codos en la mesa para levantarse de nuevo sobre las puntas de los pies.

Se afianzó sobre los tacones y alisó con ambas manos el vestido de seda roja que se había puesto para la ocasión y que de pronto se le antojaba demasiado estridente y demasiado escotado. A ella nunca le había gustado llamar la atención. Ni en su vida privada, ni en su atuendo y muchísimo menos en su trabajo. Por eso, la única persona que sabía que ella era M. Spaniard, la autora de las novelas más escandalosas del momento, era Alfonso, su editor.

Una ola de súbito fuego le encendió el rostro, Ariadna se abanicó con violencia e hizo una señal a su mesero para que rellenara la copa.

El calor cedió y ella buscó con la mirada a Gaspar en la terraza. Tenía un codo apoyado en una de las mesas y daba la espalda al salón. Estaba segura de que Gaspar todavía no tenía intenciones de volver a su lado. Dio un trago al brut helado y al sentir en el paladar el burbujeante brebaje, jugueteó con la idea de volver a casa y cambiar la fiesta por un baño de espuma...

Una risa exagerada a su izquierda llamó su atención.

En el centro de un pequeño grupo se encontraba una mujer alta, de cabellos entrecanos y ojos negros, a la que Ariadna no dudó en calificar de "enclenque", pues el vestido de lamé dorado parecía escurrir directamente de sus hombros al suelo. Su maquillaje era exagerado, aunque no tanto como las joyas que la adornaban. Al observarla, la escritora se preguntó cuánta de la admiración que se leía en los rostros de quienes la rodeaban se dirigía a ella y cuánta hacia el collar de enormes ópalos que colgaba de su cuello.

Pese a lo mucho que extrañaba una silla, decidió quedarse.

Eran momentos como este los que más disfrutaba. Primero

la sutil observación, luego ir desenredando la madeja, tirando con paciencia de sus múltiples hilos, hasta desvelar los sórdidos detalles que encarnarían a sus personajes. Aquellos destellos de realidad, mezclados con generosas dosis de su fértil imaginación, se plasmaban en los sugerentes escenarios que se sucedían una y otra vez a lo largo de sus muchos libros. Alfonso solía decirle que no había nadie como ella para aprovechar el gusto culpable del público por el desenfreno ajeno, aunque ella siempre había sospechado que eran los detalles que no procedían de su imaginación, los que hacían de sus libros el culmen del escándalo y mantenían a M. Spaniard en la lista de los *best sellers*.

Quiso dar un sorbo a su champagne y se encontró con la copa vacía. Hizo una señal y un mesero colocó una nueva copa helada sobre la mesa y le ofreció la charola de canapés.

Ariadna no aceptó ninguno, no tenía hambre. En cambio, degustó su copa a sorbos lentos.

Una silueta llamó su atención.

La mujer estaba de pie, justo en la frontera entre el salón y la terraza. Llevaba un ceñido vestido amarillo, cuyo desigual borde dejaba adivinar sus largas piernas terminadas en tacones de pedrería. Sobre sus cabellos negros arreglados en una artística trenza lucía un adorno de perlas. Sostenía una copa de vino en la mano izquierda y escrutaba la penumbra del salón como si buscara a alguien. Sus intensos ojos azules se detuvieron por un segundo en el rincón de Ariadna, lo suficiente como para que a ella se le cortara la respiración.

Jamás habría esperado encontrarse frente a frente con Nicoletta, la protagonista de su primera novela, en la que relataba la historia de una elegante ninfómana de la alta sociedad, que asesinaba a sus amantes por despecho.

La mujer con el tocado de perlas sonrió y se adentró en el salón.

Con el rostro y la nuca encendidos y deseando encontrar una silla con verdadera urgencia, Ariadna vació la copa de un trago e inhaló con fuerza para tranquilizarse. Los pulmones se le llenaron con el perfume de los cientos de rosas que adornaban la sala y que casi la hizo desfallecer.

Se abanicó con fuerza.

Pidió una nueva copa de brut y observó a Nicoletta que navegaba por el salón, desplegando sus encantos conforme saludaba a los invitados. A Ariadna le pareció que lanzaba miradas de reojo hacia su rincón, pero sabía que era imposible que aquella mujer sospechase siquiera que ella era la autora que la había convertido en asesina.

La mujer con las perlas se detuvo para saludar a Nanette, una incipiente estrella del mundo del modelaje. La joven modelo lucía un vestido rosa polvo. A Ariadna le pareció que era demasiado corto para la ocasión y que, aunque la modelo había realzado sus ojos con una amplia línea negra y sus labios estaban pintados de un lustroso rojo, su mirada transmitía cansancio y le costaba mantener la sonrisa.

Estaban lo suficientemente cerca como para que la escritora pudiera ver cómo se sacudía el tocado de perlas cuando la modelo y Nicoletta intercambiaron los tradicionales besos al aire. Un hombre de sienes de plata y elegante traje negro con una rosa en la solapa, rodeó los hombros de Nanette.

Unas gotas de champaña cayeron sobre la mesa cuando la mano que sostenía la copa tembló, al tiempo que una llamarada de fuego subía por la columna de Ariadna y estallaba en sus mejillas. No le cabía duda alguna de que aquel hombre era Wilkinson, el respetable seductor que asesinaba a sus esposas apenas se cansaba de ellas y el protagonista de otra de sus novelas.

Pese a la violencia con la que sacudía el abanico, Ariadna sentía más y más calor. Pidió otra copa, bebió un largo sorbo y maldijo el momento en el que había decidido acudir a aquella fiesta.

Nicoletta, con su copa de vino aún intacta, sonrió y abandonó la compañía de Nanette para acercarse a un hombre alto, ataviado con un traje obscuro que atravesaba el salón con largas zancadas. Ariadna observó el bigotito recortado con cuidado, la corbata granate a juego con el pañuelo y el anillo con una pulida obsidiana en el dedo índice de la mano que sostenía la copa de martini con dos aceitunas... era Giorgio, el atractivo desfalcador y asesino de su último libro.

Sus miradas se cruzaron.

Ariadna sintió los burlones ojos verdes clavados en ella.

Una gota de sudor resbaló por su pecho hasta perderse en el escote rojo fuego. El abanico cayó junto a la rosa. Ella intentó pasarse la angustia con otro trago de champaña, pero su copa estaba vacía.

Ariadna se dio cuenta de que había sido ella quien los había deformado hasta convertirlos en sórdidas y odiosas creaturas. Y ellos también lo sabían.

Había perdido el abanico. No le importó.

Tenía que salir de ahí.

El pánico entorpecía sus sentidos, apenas había conseguido dar un par de pasos cuando uno de sus pies tropezó y ella cayó de bruces.

La conmoción movilizó a los invitados, pero Ariadna se encogió aún más en el suelo, al darse cuenta de que las manos que le sujetaban los hombros eran las de Wilkinson y Giorgio. Luchó para alejarse de ellos, forcejeando y gritando:

—¡No me maten! ¡Por favor, no me maten!

Respiró el perfume francés de Nicoletta. Aterrada sintió la caricia de sus manos sobre sus propios hombros y Ariadna supo que toda resistencia era inútil.

Había estirado demasiado los hilos.

Mudanza

Abrir el cajón, sacarlo todo, separarlo en cajas. Limpiar el cajón.

Volver a empezar.

En esas horas se arrastraba como un caracol entristecido.

Abrir un cajón, sacarlo todo, separarlo en cajas. Limpiar el cajón.

Volver a empezar.

Tomar un par de zapatos de baile, ya son demasiado pequeños para sus pies, pero se le resquebraja el alma tan solo de pensar en tirarlos.

Meterlo todo sin miramientos en una bolsa negra. Arrepentirse de golpe.

Volver a empezar.

Colocar las copas de cristal cortado y las figuritas venecianas en una caja, bien protegidas con separadores de cartón. Cerrar el estuche con la cubertería de plata.

Sentir cómo tiemblan las manos, consumidas por el deseo de arrojar las tallas de porcelana, los deseos ignorados y los marcos vacíos desde lo alto de la escalera, tan solo para, llorosa y arrepentida, barrer los trozos hasta amontonarlos en la basura.

Volver a empezar.

Hallar entre las junturas del sofá un viejo disco de los Beatles y un billete que se dejó de imprimir hace años.

Mirarse en el espejo del baño que huele a medicina, colonia de viejo y tabaco, y apenas reconocer a la mujer del reflejo.

Abrir armarios, limpiar, arrojar a las cajas, llorar de rodillas sobre unos pantalones viejos. Limpiarse las lágrimas con una bata que parece limpia.

Encontrar la ropa de la tintorería colgada intacta en el armario, los collares hechos con las conchitas blancas, abandonados en un rincón junto con los discos con las canciones de la infancia. Encerrar los miedos en una caja, sellarla muy bien y preguntarse para qué necesita nadie catorce pares de calcetines de franela.

Amontonar los cuadros en otra caja

Arrancar los clavos, los recuerdos y hasta el papel tapiz.

La habitación se despeja, las cajas se amontonan contra las paredes desnudas, los huecos de los clavos la observan como cuencas vacías.

El trabajo está terminado.

Cerrar la reja con doble vuelta de la llave, arrojarla por debajo de la puerta y caminar preguntándose cuál sería la lección que la vida querría que aprendiera.

Al día siguiente volvería a encontrarse en aquella casa, retornaría a limpiar cajón por cajón, armario por armario.

Volvería a cerrar la reja quejosa, arrojar las llaves por debajo de la puerta y caminar hasta la parada del autobús. Y lo haría de nuevo, una y otra vez hasta que tan vacía de lágrimas, recuerdos y dudas, se hiciera tan pequeña que cupiera en una de aquellas cajas.

De esas que se quedan abandonadas en el patio tras una mudanza, expuestas a la rabia de la intemperie, hasta deshacerse.

Un húmedo montoncito de nada.

Los zapatos del domingo

Apenas realzado por unas discretas luces, el féretro negro y plata se encuentra justo en el centro de la sala que huele a desinfectante y flores. Un cuerpo descansa ya en su aterciopelado interior. Los ojos cerrados, la piel de pergamino, las manos sobre el pecho, el anillo de bodas en el dedo anular, ataviado con la ropa elegida por su mujer para ese momento.

Los asistentes entran con la cabeza baja. Algunos remisos a acercarse, aprietan las manos y fijan la mirada en un punto lejano de la sala. Otros forman grupitos, cuchichean, se dan palmadas en la espalda, se abrazan y se sostienen entre ellos. Alguno más se acerca al difunto y con la mano apoyada en la tapa cristalina que lo cubre, murmura un recuerdo, una oración, un reclamo...

En el extremo contrario, cerca del retrato del fallecido, arden dos cirios blancos. Junto a ellos se escucha el murmullo continuo de las oraciones. El perfume de las flores satura el aire, las coronas y ramilletes se amontonan a los pies del difunto, contra las paredes, sobre las sillas. "Siempre te recordaremos", "En memoria de un buen amigo" se puede leer en los lazos que las cruzan.

Un ramo de narcisos atados con un enorme moño negro cae del féretro al suelo.

Nadie se toma la molestia de recogerlo.

La viuda entra en la sala, sus hijos la escoltan en silencio.

Los murmullos cesan.

Las miradas confluyen en su rostro. El maquillaje apenas cubre las huellas de las lágrimas, su melena rubia recogida hacia atrás, sin más joyas que sus discretos aretes de oro, regalo del difunto y en la mano el centelleo de los anillos de boda. El cuello grácil envuelto en una mascada negra y el vestido de luto que apenas se muestra bajo el largo y grueso abrigo color oliva.

Los cómodos zapatos del diario.

Dos mujeres la acompañan hasta una silla no lejos del féretro.

Ella les ofrece una sonrisa serena, ellas dudan entre devolvérsela o no.

Apenas se sienta, pareciera como si hubiera desaparecido, tragada por una multitud enlutada que se abalanza sobre su reciente viudez con un interminable "te acompaño en el sentimiento" en los labios. Ella, con los ojos enrojecidos, apenas asiente mientras recibe besos, abrazos, pésames y escapularios.

De pie junto a su madre, los dos hijos reciben condolencias

de amigos y desconocidos por igual. Ninguno de los dos sabe qué hacer con tanto duelo, con tanta compasión, con tanto "tienes qué ser fuerte" empapado en lágrimas... Ambos hacen un esfuerzo por mantenerse erguidos dentro de sus trajes negros adornados con corbatas nuevas, con las manos heladas por la corriente que atraviesa la sala.

El más pequeño restriega un puño contra los párpados agotados y tiende la otra manita hacia su madre. Una de las mujeres lo levanta en brazos para llevarlo a descansar.

El mayor permanece en su sitio, ora aprieta las manos en el respaldo de la silla en la que se sienta su madre, ora se las pasa por el rostro pálido, ora enreda los dedos en la corbata. Se apoya en la pared por un momento y dirige una mirada a su madre, una mirada en la que se leen la duda y el dolor. Una interrogación lacerante. Pasa el peso de un pie a otro y vuelve a recargarse en la silla, tan incómodo como si llevara los fastidiosos zapatos del domingo.

En la diminuta antesala, nadie parece atreverse a ser el primero en hablar en voz alta; algunos en cambio inter-cambian susurros: "lo bueno que era", "fue tan repentino" y "siempre se van los mejores". Otros beben sorbitos de café, mientras miran el reloj que preside la pared como esperando que marque la hora de marcharse.

A la viuda le falta el aire.

Un revuelo.

Las mujeres la sostienen, en volandas la llevan hasta el reservado cerrando la puerta a sus espaldas. La recuestan en el sofá, abanican su rostro, acarician su frente. En la privacidad de la sala, ella por fin consiente en beber un poco de agua y pasarse un pañuelo por los ojos cansados.

Alguien le quita los zapatos.

Unas manos diligentes aflojan el cuello del abrigo. La mascada resbala por su pecho, dejando ver las marcas que los dedos del difunto dejaron en su garganta la noche anterior.

Agradecimientos

Aunque ni yo misma lo sabía, *Mantequilla, champaña y otros antojos para fiestas, fantasmas y funerales* nació el día en que Tere Dey me invitó a participar en el Mundial de Escritura junto a mis queridas y formidables Herejes.

El libro se fue gestando a lo largo de dos años, igual que los vinos que reposan en su barrica y los estofados que van cocinándose con lentitud. Durante ese tiempo tuve la fortuna de contar con el extraordinario acompañamiento de Carmen Ros en la escritura, así como con Pau Verdura y mi querido esposo como lectores iniciales.

En la etapa final me acompañó el fino arte de Mariana Roca como editora y la magia de Victoria García Jolly para la portada, el diseño y la maquetación. Y la generosidad de Ramón Romo con quien nació el proyecto de coedición para el libro impreso.

Me siento muy afortunada de contar con personas tan espléndidas en mi vida, entre las que también te cuento a ti, pues sé la suerte que tengo que me leas y de que sí te han gustado los relatos, me lo cuentes en un comentario en Amazon o en mi página web.

Gracias por estar ahí.

Erika Rivera Bravo
Ciudad de México, agosto de 2022

Erika Rivera Bravo

Si le preguntaran a cualquiera de su familia qué es lo que más le gustaba hacer a Erika cuando era pequeña, sin dudar responderían "leer". Era la niña que se perdía en un rincón con cualquier libro entre las manos, dejando pasar las horas.

A la pasión por la palabra escrita, se sumó el deleite por la gastronomía y hoy, mezcla palabras, aromas y uno que otro signo de admiración para dar vida a las historias que bullen en su interior.

Disfruta de los viajes, la comida hecha con amor y los buenos vinos. Además, es autora de la novela *El misterio de los ocho pétalos.*

www.erikariverabravo.com

Mantequilla, champaña y otros antojos para fiestas, funerales y fantasmas de Erika Rivera Bravo se terminó de imprimir en L.D. Books el mes de noviembre de 2022 en la Ciudad de México. La formación y el cuidado de la edición estuvo a cargo de Prágraphos Editorial. Se utilizaron las familias tipográficas Aleo y Bakery.